# 水平線の歩き方

成井豊

WALKING ON THE LINE
OF THE HORIZON

論創社

# 水平線の歩き方

ブックデザイン
井上　恵

目次

# 水平線の歩き方

WALKING ON THE LINE OF THE HORIZON

## 登場人物

幸一　（ラグビー選手）
アサミ（幸一の母・看護婦）
阿部　（医師）
豊川　（幸一の同僚・ラグビー選手）
一宮　（幸一の同僚）
勇治　（幸一の叔父・中学校教諭）
奈穂子（勇治の妻・中学校教諭）
進太郎（勇治の息子）

# 1

深夜。アパートの一室。外の明かりが窓から差し込んでいるので、部屋の中がぼんやりと見える。手前が居間で、テーブル・ソファー・本棚・テレビなどが置いてある。本棚の上には、ラグビーボール。奥が台所で、テーブル・椅子・冷蔵庫・茶ダンスなどが置いてある。台所の奥側にシンク。その上が窓。その横が玄関。

玄関の扉が開いて、岡崎幸一が入ってくる。扉を閉めて、床に倒れ込む。唸り声。よろよろと体を起こし、靴を脱ぐ。冷蔵庫に歩み寄り、扉を開ける。水のペットボトルを取り出し、ラッパ飲みする。溜め息。ペットボトルを持ったまま、居間へ。ソファーに腰を下ろす。と、女性の悲鳴。幸一がソファーから飛び退く。

**幸一**　えー？　何？　何？　何？

幸一が中腰でソファーを振り返る。女性がソファーから起き上がる。

**幸一**　……誰ですか、あなた？

アサミ　痛ーい。
幸一　あ、すみません。あなたが寝てるなんて、知らなかったから。でも、ここは僕の部屋ですよね？　ソファー、テーブル、（ラグビーボールを持って）ラグビーボール。間違いない、僕の部屋だ。あなた、ここで何をしてるんですか？
アサミ　待ってたのよ、あんたを。
幸一　僕を？
アサミ　そう。
幸一　もしそうだったとしても、勝手に中に入るのは非常識じゃないですか？　え？　でも、どうやって中に入ったんだ？　鍵は締めたはずなのに。まさか、窓から？　でも、ここは二階だぞ。まさか、電柱を攀じ登って？
アサミ　まさか。気がついたら、この部屋の中にいたの。
幸一　そんなバカな話がありますか。とにかく、あなたのしたことは、家宅侵入罪です。すぐに出ていかないと、警察を呼びますよ。
アサミ　まあまあ、そんなに興奮しないで。
幸一　（アサミに近寄って）聞こえませんでしたか？　僕は出ていけと言ったんです。
アサミ　お酒臭い。あんた、酔ってるのね？
幸一　そんなこと、あなたには関係ないでしょう？
アサミ　関係あるよ。
幸一　どういう意味ですか？　あなた、僕のことを知ってるんですか？

アサミ　この顔を見て、わからない？
幸一　（アサミの顔をジッと見る）
アサミ　わかった？
幸一　暗くて、よく見えません。
アサミ　だったら、電気を点ければいいでしょうが。

幸一が壁のスイッチを押す。居間の電灯が点く。幸一がアサミの顔をジッと見る。

アサミ　どう？
幸一　……嘘だ。そんなことはありえない。
アサミ　そんなことって？
幸一　そうか。あなた、僕の親戚ですね？　あなたは僕の母によく似てる。間違いなく、岡崎家の人間だ。ひょっとして、僕らは前に会ってるんですか？　結婚式か葬式で。
アサミ　あんたに会うのは、二十三年ぶり。
幸一　二十三年前っていうと、母が亡くなった年だ。ということは、母の葬式の時ですね？　で、僕とはどういう関係ですか？　名字はやっぱり、岡崎ですか？
アサミ　そう、岡崎。
幸一　名前は？
アサミ　アサミ。

幸一　信じられないな。僕の母もアサミっていうんですよ。あ、葬式に来たんだから、知ってるか。でも、ごめんなさい。あなたのことは全然記憶にないんです。

アサミ　本当はとっくに気づいてるくせに。

幸一　え？　何が？

アサミ　アルバムはある？　写真と私を見比べてみなさい。早く。

幸一が本棚からアルバムを取り出し、開く。

アサミ　二人で東京ドームに行った時の写真は？　一枚だけ、私の顔がアップになってるのがあったでしょう。ほら、入口の前で、あんたが撮ってくれたやつ。

幸一　これだ。（アサミと写真を見比べる）

アサミ　東京ドームができたのは、私が死んだ年だったよね？　あんたがどうしても見たいって言うから、夜勤明けで眠いのを我慢して行ったのよ。巨人対ヤクルト戦。それなのに、桑田のやつ、あっさりとノックアウトされやがって。絞め殺してやろうかと思った。

幸一　でも、二人で出かけるのは久しぶりだったから、楽しかった。

アサミ　私も楽しかった。一カ月後に死ぬってわかってたら、もっといろんな所に行っておくんだった。悪かったね、どこにも連れていかなくて。

幸一　……嘘だ。

アサミ　嘘じゃない。私はあんたに会いに来たの。

**幸一**　本当に？　本当に、母さんなの？

**アサミ**　そうよ。久しぶりだね、幸一。

幸一が二十三年の間に出会った人々がやってくる。アサミが棚からカメラを取り出す。幸一・勇治・奈穂子・進太郎が並ぶ。アサミが四人の写真を撮る。幸一・豊川・一宮が並ぶ。アサミが三人の写真を撮る。幸一・知香子が並ぶ。アサミが二人の写真を撮る。幸一と六人が並ぶ。アサミが七人の写真を撮る。人々が去る。

## 2

幸一がソファーに座り込む。

**幸一**　いや、そんなことは絶対にありえない。母さんであるはずがない。

**アサミ**　私の言うことを信じないの？

**幸一**　騙そうとしても、無駄ですよ。僕の母は死んだんです。二十三年前に、心不全で。

**アサミ**　五月の始めだったよね。夜勤が終わって、家に帰ってきて、寝る前に洗濯だけしておこうと思って、あんたのパンツを洗濯機に入れようとしたら、急に心臓が痛くなってきて。それから後のことは何も覚えてない。たぶん、床に倒れて、そのまま死んだんだと思う。

**幸一**　そうです。僕が学校から帰ると、母は洗濯機の前でうつ伏せになってました。僕は昼寝でもしてるんだろうと思って、「母さん、寝るなら、布団で寝てよ」って体を揺すって。そしたら、肌が冷たくて。あの時、母は間違いなく死んでいた。あなたが母であるはずないんだ。

**アサミ**　私は生きてるなんて一言も言ってないよ。

**幸一**　え？　でも、こうして話もできるし、足もあるし。

アサミ　でも、心臓は動いてない。さっき、自分で触って、確かめてみた。あんたも確かめてみる？

（と幸一の手をつかむ）

幸一　（アサミの手を振り払って）結構です。

アサミ　何よ。恥ずかしがることないでしょう？

幸一　恥ずかしがってなんかいません。あっ！　あなた、今、僕の手をつかみましたよね？　幽霊にそんなことができますか？

アサミ　空を飛べる鳥もいれば、飛べない鳥もいる。幽霊にもいろいろいるんじゃない？（と台所へ行く）

幸一　どこへ行くんですか？

アサミ　喉が渇いたから、お茶でも淹れようかと思って。

幸一　どうして幽霊の喉が渇くんですか？

アサミ　（やかんに水を入れながら）幸一、お茶っ葉はどこ？

幸一　僕は日本茶は飲みません。コーヒー党なんです。

アサミ　コーヒーか。酔い醒ましにはいいかもね。じゃ、コーヒーはどこ？

幸一　茶ダンスの一番上の棚です。あ、僕が出しますよ。（と台所へ行って、棚から缶を出して）はい。

アサミ　（受け取って）ありがとうなら、蜂は三匹。

幸一　つまらない。（と居間へ行って）つまらないけど、懐かしい。母さんがいつも言ってたギャグだ。それじゃ、やっぱり……。

**アサミ**　（やかんをレンジに載せて、火を点けて）幸一、お砂糖はどこ？

**幸一**　やっぱり、母さんなの？　母さんの幽霊なの？　ここに来る前はどこにいたの？　天国？　それとも地獄？

**アサミ**　悪いけど、覚えてない。洗濯機の前で倒れてから、ずっと眠ってたって感じ。

**幸一**　そうなの？

**アサミ**　私のことより、あんたの話を聞かせてよ。私が死んでから今日まで、どうやって生きてきたの？

**幸一**　いきなり、そんなことを言われても。

**アサミ**　私が死んで、あんたは独りぼっちになった。一体誰に育ててもらったの？

**幸一**　茅ヶ崎のおじさんだよ。母さんの葬式の次の日、おじさんに言われたんだ。家に来ないかって。

幸一がアパートの外に出る。勇治・奈穂子がやってくる。

**勇治**　幸ちゃん、ちょっと話があるんだけど、いいかな？

**幸一**　うん。

**勇治**　幸ちゃんのこれからのことだよ。幸ちゃんはまだ六年生だ。ここで一人で暮らし続けるわけには行かない。だから、おじさんの家に来ないか？

**幸一**　茅ヶ崎に？

勇治　そうだよ。借家だけど、一応、一戸建てだし、走れば三分で海に出る。夏は毎日、海で泳げるんだ。サーファーは冬も泳いでるけどな。
奈穂子　サーファーは関係ないでしょう？（幸一に）おじさんもおばさんも、幸ちゃんと一緒に暮らしたいの。ねえ、家に来ない？
幸一　わかった。でも、この部屋は今月いっぱい借りてあるんだよね？
奈穂子　そうだと思うけど。
幸一　じゃ、おじさんの家で暮らすのは、来月からでいい？
奈穂子　それまで、食事はどうするの？　掃除や洗濯は？
幸一　一人でできるよ。今までだって、母さんと交替でやってきたんだから。
奈穂子　でも、夜は？　泥棒でも入ったら、大変じゃない。
勇治　（幸一に）どうして来月からにしたいんだ。友達と別れるのが辛いのか？
幸一　そうじゃなくて、父さんが来るかもしれないから。
奈穂子　刈谷さんが？
幸一　お葬式に来られなかったのは、何か事情があったからだと思うんだ。たとえば、奥さんに反対されたとか。でも、そのうち、きっと来る。だって、僕が独りぼっちになったことは知ってるんだから。
奈穂子　違うのよ、幸ちゃん。
勇治　やめろ、奈穂子。
奈穂子　こういうことははっきり言っておいた方がいいのよ。いい、幸ちゃん？　刈谷さんは行かないって言ったの。自分には今の家庭がある。アサミとはもう何の関係もないって。

**幸一**　僕とも？

**勇治**　そこまでは言ってない。でも、刈谷さんの所には子供が五人もいるそうだ。幸ちゃんを引き取るのは、経済的に難しいんだよ。

**奈穂子**　どうしてそんな嘘をつくの？　子供は一人だけでしょう？

**勇治**　奈穂子！

**幸一**　（歩き出す）

**勇治**　幸ちゃん、どこに行くんだ？

**幸一**　荷物をまとめてくる。

**勇治**　おじさんの家に来てくれるんだな？

**幸一**　うん。

**勇治**　よし、おじさんも手伝おう。いや、もうおじさんじゃないな。今日から俺は幸ちゃんのお父さんだ。奈穂子、近所を回って、ダンボールを集めてきてくれ。

**奈穂子**　はい、お父さん。

勇治・奈穂子が去る。

**アサミ**　勇治のやつ、無理しちゃって。あの子、まだ三十前だったでしょう？

**幸一**　二十九だよ。それなのに、いきなり十二歳の息子ができて、大変だったと思う。

**アサミ**　奈穂子さんにはいびられなかった？

**幸一**　全然。むしろ、必要以上に気を遣ってくれて、かえって居心地が悪かった。でも、一年後に赤ちゃんが生まれたんだ。名前は進太郎。

勇治・奈穂子がやってくる。奈穂子は赤ん坊を抱いている。二人で赤ん坊をあやす。

**アサミ**　最悪だね。実の息子が生まれて、養子のあんたは邪魔になった。今度こそ、いびられたでしょう？

**幸一**　おばさんはそんな人じゃないって。でも、子育てが忙しくて、僕に気を遣ってる暇はなくなった。正直言って、ホッとしたよ。でも、僕を引き取ってくれた二人に迷惑をかけるわけには行かない。僕は進太郎の面倒もちゃんと見たし、勉強も一生懸命やった。

**アサミ**　朝から晩まで、いい子にしてなきゃいけなかったんだ。息が詰まったんじゃない？

**幸一**　そういう時は近所の海岸に行った。一人でボーッと海を見てた。

勇治が幸一に歩み寄る。奈穂子は一人で赤ん坊をあやしている。

**勇治**　何を見てるんだ？

**幸一**　海。

**勇治**　海の何を？　波か？　水平線か？

幸一　この前、図書室で読んだんだ。ケルト神話の本。ケルト族の人たちは、水平線の向こうに死者の島があると思ってたんだって。

勇治　へえ、幸ちゃんはそんな難しい本を読んでるのか。偉いな。でも、おじさんは理科の先生なんだ。ケルト族のことはよくわからない。

幸一　僕が聞いてるのは、おじさんがどう思うかだよ。死者の島って、本当にあるのかな？　もしあったら、母さんもいるのかな？

勇治　なあ、幸ちゃん。ここから水平線まで、何キロあるか知ってるか？

幸一　知らない。

勇治　幸ちゃんの目と水平線と地球の中心。この三つを直線で結ぶと、一つの三角形ができるよな？　地球の中心から水平線までの辺は、地球の半径と等しい。この辺の長さを六四〇〇キロとしよう。次に、幸ちゃんの目の高さが地面から一五〇センチだとすると、地球の中心から幸ちゃんの目までの辺の長さは六四〇〇と〇、〇〇一五キロ。この二つがわかれば、残りの辺の長さはピタゴラスの定理で簡単に出せる。

幸一　ピタゴラスの定理？

勇治　そうか。中一じゃ、まだ習ってないか。じゃ、計算は省略して、答えはなんと、四、四キロ。

幸一　たったそれだけ？

勇治　そうだよ。あんなに遠くに見えるけど、実際は意外と近い。もし水の上を歩けたら、一時間もかからずに到達できる距離なんだ。

幸一　自転車なら、十五分だよ。

勇治　姉さんはすぐ近くにいる。幸ちゃんのことをいつも見てるんだよ。

勇治・奈穂子が去る。

# 3

アサミが台所でコーヒーを淹れている。

アサミ　私は見てなかったよ。
幸一　え？　そうなの？
アサミ　言ったでしょう？　洗濯機の前で倒れてから後のことは、何も覚えてないって。
幸一　ひどいな。僕はずっと信じてたのに。
アサミ　（カップをテーブルに置いて）ほら、コーヒーが入ったよ。お砂糖は何杯？
幸一　いらない。
アサミ　嘘。子供の頃は甘いものが大好きだったのに。
幸一　（台所へ行って、カップを取り）大人になると、味覚が変わるんだよ。僕が子供の頃、食べられなかったものは覚えてる？
アサミ　スイカ、メロン、キュウリ。瓜科のものは全部ダメだった。
幸一　当たった。やっぱり、母さんなのかな？
アサミ　あんた、まだ信じてないの？

幸一　あれから二十三年も経ったからね。スイカもメロンも大好物になった。キュウリはいまだにダメだけど。（とコーヒーを飲む）

アサミ　三十五にもなって？　それで、人付き合いはうまくやっていけてるの？

幸一　まあ、何とか。会社の同僚の前では我慢して食べてるし。

アサミ　会社って、どんな会社？　今、どんな仕事をしてるの？

幸一　（ラグビーボールを持って）ラグビー。

アサミ　ラグビーの何？　ボールを作ってるの？　それとも、売ってるの？

幸一　そうじゃなくて、ラグビーをやってる。僕は社会人ラグビーの選手なんだ。

アサミ　嘘嘘。あんた、球技はまるでダメだったじゃない。ほら、五年生の時、体育の授業でボールが頭に当たって、病院に運ばれて。そのあんたがラグビーの選手だなんて、絶対にありえない。

幸一　（アルバムを差し出して）ほら、これを見て。僕は高校でラグビー部に入ったんだ。三年の時は花園まで行った。おかげで、大学には推薦で入れたし、今の会社にも誘ってもらえた。

アサミ　なんて会社？

幸一　家電メーカーの、初芝。

幸一がアパートの外に出る。豊川がやってくる。

豊川　早稲田の岡崎か？
幸一　慶応の豊川だな？
豊川　うれしいよ、おまえとチームメイトになれて。（と右手を差し出す）
幸一　俺だって。（と握手しようとする）
豊川　（幸一の右手をつかんで、捻り上げる）
幸一　おい、何するんだ。
豊川　覚えてるか？　去年の大学選手権。残り一分で、汚いタックルをしやがって。
幸一　あれは正当なプレイだ。怒って、肘打ちをした、おまえの方が悪い。
豊川　おかげで、俺はペナルティーを取られて、おまえにペナルティーゴールを決められて、逆転負け。あれから一週間、チームメイトは口をきいてくれなかった。彼女は行方知れずだ。
幸一　それは俺には何の関係もないことだけど、同情はするよ。残念だったな。
豊川　（幸一の右手を放して）よし、これで言いたいことは言った。わだかまりは何もない。よろしく頼む。（と右手を差し出す）
幸一　こちらこそ。（と握手して）で、新しい彼女はできたのか？
豊川　今のところはまだ。でも、四月からは、俺も初芝の人間だ。ガツガツしなくても、向こうの方から寄ってくるさ。
幸一　そのためには、一日でも早く、レギュラーにならないと。
豊川　おまえはいいよな。四月からすぐにレギュラーだろう。
幸一　そんなの、わからないよ。大学時代はラグビーだけやってればよかったけど、これからは

豊川　会社の仕事がある。うまく両立できるかどうか。
心配するな。仕事は午前中だけじゃないか。適当にやればいいんだよ、適当に。

そこへ、一宮がやってくる。

一宮　遅くなって、ごめんなさい。広報部で社内報の編集を担当している、一宮です。入社式までまだ一カ月もあるのに、わざわざお越しいただいて、申し訳ありません。
豊川　いえいえ、入社が決まったその日から、僕は初芝の人間です。会社のためなら、何でもします。（と一宮の手を握る）
一宮　今日は、ラグビー部の新入部員の紹介ということで、お二人にいろいろ質問していきたいと思います。社内報ですから、読むのは初芝の社員だけです。ぜひ、ざっくばらんに話をしてください。
豊川　わかりました。ざっくばらんですね。
一宮　それじゃ、早速、始めましょう。まずは、入社に当たっての意気込みをお聞きしたいんですが。じゃ、岡崎さんから。
幸一　意気込みですか？　そうですね。
豊川　（一宮に）僕が先にお答えしましょう。僕は、高校でラグビーを始めた時から、初芝に憧れていました。一日でも早くレギュラーになれるように、頑張ります。
一宮　岡崎さんは？

幸一　僕も豊川君と同じです。
一宮　そうですか。でも、大学と社会人はやっぱり違いますよね？　何か不安はありませんか？
幸一　不安ですか？　そうですね。
豊川　（一宮に）もちろん、不安でいっぱいです。午前中は会社の仕事もしなくちゃいけないし。でも、社会人なんだから、甘えは許されない。仕事とラグビーをしっかり両立していきたいと思います。

一宮　岡崎さんは？
幸一　僕も豊川君と同じです。
一宮　岡崎さん、もっとざっくばらんに行きましょう。
豊川　そうだよ、岡崎。「豊川君と同じです」ばっかりじゃ、一宮さんが困るだろう。
一宮　豊川さんも豊川さんですよ。絵に描いたような答えばっかりで、おもしろくも何ともありません。

豊川　すみません。次からは頑張ります。
一宮　じゃ、次の質問です。豊川さんはそもそも、なぜラグビーをやろうと思ったんですか？
豊川　すみません。僕は岡崎君の後でいいですか？
一宮　じゃ、岡崎さん。ラグビーを始めたきっかけは？
幸一　僕はゴールキックが好きなんです。特に、ペナルティーゴールが。
一宮　どうしてですか？
幸一　あれって、ハーフウェイ付近から狙うと、五十メートル近い距離になるでしょう？　初め

豊川　てテレビで試合を見た時、どこかの選手がそれをやって。ボールの軌跡が信じられないほどキレイだった。まるで水平線の向こうへ飛んでいくようで。

幸一　いや。

豊川　ラグビーのゴールポストがなぜあんな形をしてるか、知ってるか？　ポストが二本とクロスバーが一本。ローマ字のHと同じ形だよな？　あれは水平線を意味してるんだ。水平線を英語で言うと？

幸一　HORIZON。

豊川　ほら、頭文字がHだろう？

一宮　そんな話、初めて聞きました。

豊川　僕もです。

一宮　え？　今のは嘘なんですか？

豊川　だって、あなたがおもしろいことを言えって言うから。

幸一　（一宮に）でも、ありえない話じゃないですよ。僕はゴールキックを蹴る時、いつも「遠くない、遠くない」って思ってたんです。「見た目ほど遠くない。水平線みたいに、すぐ近くだ」って。

豊川・一宮が去る。

# 4

アサミが居間でアルバムを見ながら、ポテトチップをかじっている。

**アサミ** ねえねえ、豊川君て、どの人?
**幸一** 何を食べてるの?
**アサミ** ポテトチップ。茶ダンスに入ってたから、勝手にいただいちゃった。
**幸一** それは別に構わないけど、幽霊でもお腹が空くの?
**アサミ** コーヒーを飲んだら、お茶菓子がほしくなっちゃってね。それより、豊川君はどれ? この人?(とアルバムを指差す)
**幸一** (居間へ行って、アルバムを覗き込み)そうだよ。よくわかったね。
**アサミ** だって、調子のよさそうな顔をしてるもの。で、レギュラーにはなれたの?
**幸一** 入部して、半年後に。
**アサミ** 本当?
**幸一** また疑うの?
**アサミ** (アルバムを指差して)だって、他の人たち、みんな凄い体格をしてるじゃない。この人

幸一　なんか、百キロはありそう。あんたの体格で、そう簡単にレギュラーになれるわけない。

アサミ　ところが、なれたんだ。僕のポジションはスタンドオフって言ってね。パワーよりスピードが重要なんだ。体の大きさは関係ないんだよ。

幸一　じゃ、豊川君も？

アサミ　残念ながら、あいつは万年補欠。結局、四年で引退して、会社を辞めた。

幸一　彼にはパワーもスピードもなかったってわけだ。

アサミ　初芝はレベルが高いんだよ。僕がレギュラーになってから、日本一が五回。

幸一　凄い。でも、本当？

アサミ　（アルバムを指差して）これが五回目の時の記念写真。ちゃんと僕も写ってるだろう？

幸一　（アルバムを見て）この膝のサポーターは？

アサミ　体が小さいから、怪我が多くてね。この時は麻酔を打ちながら、試合に出たんだ。そのせいで、怪我が悪化しちゃって。試合の後、チームドクターに引退を勧告された。でも、僕は諦められなくて。

幸一がアパートの外に出る。豊川がやってくる。

豊川　どうだ、膝の具合は？

幸一　よくない。都内の病院をいくつか回ってみたんだけど、みんな答えは同じだった。手術をしても、元には戻らないってさ。

豊川　おまえ、アメリカン・フットボールは見るか？

幸一　いや。

豊川　ユウヒビールに、筒井って選手がいるんだけどな。去年、膝を痛めて、一時は引退するって噂だったのに、見事に復活したんだ。どうやら、凄い名医に治してもらったらしい。

幸一　どこの病院の人だ？

豊川　平和堂大学付属病院の阿部って先生だ。去年まで、アメリカの大学で関節の手術の研究をしてたらしい。向こうでも、アメフトの選手を何人も蘇らせたそうだ。

幸一　詳しい話が聞きたい。筒井ってやつに会わせてくれ。

豊川　それより、直接、阿部先生の所に行け。これが病院の電話番号だ。

豊川が幸一に紙を渡し、去る。阿部がやってくる。

阿部　こんにちは。

幸一　あの、阿部先生は？

阿部　私が阿部ですけど。

幸一　あなたが？

阿部　意外ですか？

幸一　女性のお医者さんだってことは聞いてたけど、まさかこんなに若いなんて。

阿部　医師にとって、経験はもちろん重要です。でも、それ以上に重要なのが、最新の医学知識。

幸一　年齢だけで判断しないでください。
阿部　すみませんでした。
幸一　あなたもアメフトの選手ですか？
阿部　いや、僕はラグビーです。
幸一　ラグビーですか。私、アメフトの試合はよく見に行くんですけど、ラグビーは一度も行ったことがなくて。だって、ちょっと野蛮じゃないですか。
阿部　野蛮？　どうしてですか？
幸一　アメフトもラグビーも、選手同士が正面からぶつかるスポーツですよね？　下手をしたら、大怪我をする。だから、アメフトは、ヘルメットとプロテクターの着用が義務付けられています。でも、ラグビーは何もつけない。それって、危険だと思いませんか？
阿部　でも、アメフトの選手だって、怪我をするじゃないですか。
幸一　もちろん、そうです。だから、最小限に食い止めるために、あらゆる努力をしている。でも、ラグビーはそうじゃない。怪我をするのは自業自得って気がします。
阿部　そうかもしれない。でも、ラグビーは、あの楕円形のボールが一個あればできる。いつでもどこでも。僕はそこが好きなんです。（と歩き出す）
幸一　どこへ行くんですか？
阿部　帰ります。あなたはラグビーが嫌いみたいだから。
幸一　一分前までは嫌いでした。でも、今はちょっと興味があります。岡崎さんはおいくつですか？

幸一　今年で三十です。

阿部　三十歳を過ぎると、体力が落ちて、怪我も治りにくくなる。アメフトの選手なら、そろそろ引退を考え始める年齢です。

幸一　それはラグビーも同じです。でも、僕はまだやめたくない。もう一度、ラグビーができるなら、何だってやります。

阿部　その言葉、忘れないでくださいね。

幸一　手術してもらえるんですか？

阿部　それは詳しく検査してからです。まずは、レントゲン写真を撮りましょう。

幸一　阿部先生、よろしくお願いします。（と頭を下げる）

阿部が去る。

アサミ　一時間後、写真を見ながら、阿部先生が言った。「あなたの膝はもう限界。手術をしても、元には戻らない」。

幸一　そんなこと言ってない。その日は写真を撮るだけでおしまいだったんだ。

アサミ　意外と慎重ね。まあ、ああいう口の悪い人に限って、医者としては優秀なのよね。

幸一　そうなの？

アサミ　うちの病院の院長が同じタイプだった。私たち看護婦には嫌われてたけど。

幸一　母さん、今は看護婦って言わないんだ。看護師って言うんだよ。

アサミ　バカね。看護士は男よ。
幸一　違うんだよ。何年か前に、看護婦と看護士をまとめて、看護師って言うようになったんだよ。この場合の「し」は、医師とか薬剤師の「師」。
アサミ　冗談じゃないわ。看護婦にはロマンの香りがあるけど、看護師には消毒薬の匂いしかしない。私は絶対に認めないからね。
幸一　そんなこと言われても。

阿部がやってくる。ファイルを持っている。

阿部　岡崎さん、思い切って、手術をしましょう。
幸一　それで、元通りになる可能性は？
阿部　五十パーセント。でも、試してみる価値は十分にあると思います。
幸一　わかりました。手術をお願いします。
阿部　ただし、元通りになったとしても、その後が大変です。試合に復帰できるまで、最低半年は見ておかないと。
幸一　構いません。もう一度、ラグビーができるなら。
阿部　そのためには、手術だけじゃなくて、体質改善も必要です。今日から、食生活を根本的に改めてください。
幸一　根本的に？

阿部　食事は一日三回、きちんと食べる。栄養のバランスを考えて、できるだけ野菜を採る。脂肪分は採りすぎない。これ、食べてはいけない食材のリストです。（と幸一に紙を渡す）
幸一　（読んで）え？　牛肉も豚肉もダメなんですか？
阿部　バターもチーズもダメです。もちろん、お酒も。
幸一　ビールは酒に入りませんよね？
阿部　入るに決まってるでしょう？　岡崎さん、あなたは前にこう言いましたよね？　もう一度、ラグビーができるなら、何だってやりますって。
幸一　わかりました。じゃ、明日から。
阿部　いいえ、今日からです。
幸一　じゃ、今日の夜から。
阿部　いいえ、たった今からです。私の指示に従えないなら、手術はしません。
幸一　脅迫するんですか？
阿部　これは私とあなたの間のルールです。選手なら、ルールに従ってください。
幸一　じゃ、先生もお酒をやめてくれますか？
阿部　私は監督だから、飲んでいいんです。
幸一　狡い。

阿部が去る。

## 5

アサミが居間でアルバムを見ながら、ビスケットをかじっている。

アサミ　手術が終わった後、阿部先生が言った。「悪いけど、手術は失敗。二度とラグビーはできない」。

幸一　そんなこと言ってない。手術は無事に成功したんだ。

アサミ　本当？

幸一　どうしてそうやって悪い方にばかり考えるのかな。母さんは、僕が不幸だったと思ってるの？

アサミ　そういうわけじゃないけど、あんたの人生はあまりに順風満帆で、素直に信じられなくて。

（とビスケットをかじる）

幸一　今度は何を食べてるの？

アサミ　ビスケット。塩辛いものを食べたら、次は甘いものでしょう。

幸一　なんか、調子が狂うな。僕が覚えてる母さんは、こんな人じゃなかったのに。

アサミ　どういう意味よ。

幸一　母さんは「アリとキリギリス」のアリみたいだった。朝から晩まで働いて、ダラダラしてるところなんか見たことなかった。
アサミ　女手一つであんたを育てなきゃいけなかったからね。
幸一　僕はね、毎年、授業参観の日が楽しみだったんだ。だって、母さんが僕を生んだのは二十一の時だろう？　同級生の母親の中では、ダントツで若かった。若くて、元気で、キレイで。僕は母さんのことが自慢だったんだ。それなのに、今は。
アサミ　私は死んだ時のまま。三十四のままよ。
幸一　そうか。母さんは僕より年下なんだ。でも、あの頃は、もっと大人に見えたのに。
アサミ　で、手術の後は？
幸一　一カ月後に退院。三カ月後にトレーニングを再開。半年後に試合復帰。
アサミ　阿部先生が言った通りになったのね？
幸一　グランドに立っただけで、涙が出てきた。日本一になった時よりうれしかったよ。ただの練習試合だったのに、たくさんの知り合いが見に来てくれた。僕におめでとうって言うために。

幸一がアパートの外に出る。豊川・一宮がやってくる。

一宮　岡崎君、おめでとう。（と花束を差し出す）
幸一　ありがとうございます。（と受け取って）試合に負けたのに、花束をもらうなんて、何だ

一宮　かおかしな気分だな。
幸一　試合に負けても、怪我には勝った。花束を受け取る権利は十分にある。
豊川　僕が復帰できたのは豊川のおかげですよ。（豊川に）この借りはいつか必ず返すからな。
借りだなんて、水臭いことを言うな。それより、今、うちの会社で小学生向けのラグビー教室を企画してるんだ。よかったら、おまえにコーチをやってほしいんだけど。
幸一　早速、借りを返せって言うんだな？　わかった。やるよ。
豊川　それから、もう一つ。実は俺たち、来月、結婚することになったんだ。
幸一　ついに覚悟を決めたのか。
豊川　ああ。で、おまえに友人代表でスピーチをしてほしいんだ。おまえが口下手なのはわかってる。だから、一言で構わない。
一宮　（幸一に）スピーチがいやなら、歌でもいいよ。
幸一　歌なんて冗談じゃない。スピーチをしますよ。
豊川　ありがとう、岡崎。
幸一　一宮さん、ご結婚おめでとうございます。（と花束を差し出す）
一宮　ありがとう。（と受け取って）幸せになります。

豊川・一宮が去る。

アサミ　あの二人、いつから？

幸一　あのインタビューの後、豊川が食事に誘ったんだって。
アサミ　ラグビーは下手でも、女の子を口説くのは上手だったってわけか。あんたと逆だね。
幸一　ほっといてよ。

そこへ、進太郎がやってくる。

進太郎　兄さん！
アサミ　（幸一に）誰よ、この子。
幸一　進太郎だよ。十七年も経てば、赤ん坊も高校生になる。
進太郎　兄さん、俺、感動したよ。怪我をする前より、体の動きがよくなってるじゃないか。
幸一　体質改善をしたからだろう。前より疲れにくくなったみたいだ。
進太郎　じゃ、本当にやめたの、ビール？　あんなに好きだったのに。
幸一　ビールとラグビーとどっちを取るって聞かれたら、ラグビーを取るしかないだろう。
進太郎　兄さんは偉いよ。本当に偉い。（と俯く）
アサミ　（幸一に）いやだ、この子、泣いてるの？
幸一　生まれつき、感動しやすい体質なんだよ。

そこへ、奈穂子・勇治・阿部がやってくる。

奈穂子　幸ちゃん、お疲れさま。
幸一　ありがとう、わざわざ来てくれて。
奈穂子　あんたなら、絶対復帰できると思ってたよ。お父さん、カメラ、カメラ。
勇治　ああ。（とカメラを構える）
奈穂子　（幸一と腕を組んで）はい、チーズ。
勇治　（シャッターを切って）あ、今、幸一が目をつぶった。
奈穂子　いやだ、幸ちゃんたら。そんな写真、生徒に見せられないじゃない。お父さん、もう一枚。はい、チーズ。
幸一　おばさん、生徒って何のこと？
奈穂子　うちのクラスの子たちに、私の息子は初芝の選手だって言ったら、大騒ぎになっちゃって。明日、この写真を見せて、自慢してやるの。じゃ、今度は家族全員で撮ろう。ほら、進太郎も並んで。
勇治　（阿部に）すみません。シャッターを押してもらえますか。（とカメラを差し出す）
阿部　喜んで。（と受け取る）
幸一　すみません、阿部先生。あ、おじさん、おばさん、この人は阿部先生って言って——
奈穂子　知ってる、知ってる。話は全部、本人から聞いた。
進太郎　（幸一に）俺、知らなかったよ。兄さんにこんなキレイな彼女がいたなんて。
幸一　今、なんて言った？　彼女？
阿部　岡崎さん、カメラの方を見てください。

幸一　進太郎、おまえ、何か誤解してるんじゃないか？
奈穂子　惚けるんじゃないの。
幸一　惚けてない。阿部先生は、俺の膝を治してくれた人で、とってもお世話になったけど、それ以上のことは——
阿部　岡崎さん、カメラの方を見てくれないと、シャッターが押せません。
幸一　先生からも言ってくださいよ。僕らはただの医者と患者だって。
奈穂子　幸ちゃん、それ以上、嘘をつくと、怒るよ。
勇治　まあまあ、幸ちゃんも照れ臭いんだろう。
進太郎　そんなの関係ないよ。（幸一に）男なら、正直に認めろよ！
奈穂子　あんたが先に怒って、どうするのよ。
阿部　あの、このままだと、とってもいやな感じの写真になっちゃうと思うんですけど。
奈穂子　あら、ごめんなさい。ほら、みんな、カメラの方を見て、笑って。はい、チーズ。
勇治　（阿部に）ありがとうございました。（とカメラを受け取って）じゃ、そろそろ食事に行きますか。
幸一　え？　阿部先生も一緒に行くの？
阿部　私は遠慮したんですけど、どうしてもって言われて。
奈穂子　幸ちゃんの奥さんになる人だもの。誘うのは当たり前でしょう？
幸一　おばさん、違うんだよ。
進太郎　男なら、正直に認めろよ！

阿部　進ちゃん、こんな所で大きな声を出さないで。機嫌を直して、レストランに行こう。お父さんとお母さんも行きましょう。

阿部・勇治・奈穂子・進太郎が去る。

アサミ　恐ろしい女ね。本人より先に、家族を抱き込むなんて。
幸一　食事の間も、何とか誤解を解こうとしたんだ。でも、おばさんは全然耳を貸さないし、おじさんは黙ってニヤニヤしてるし、進太郎は怒鳴るし。
アサミ　要するに、三人とも洗脳されちゃったわけだ。
幸一　でも、このままにしておくわけには行かない。食事の後、僕は阿部先生を家まで送ったんだ。

阿部がやってくる。

阿部　お父さんもお母さんも進ちゃんも、みんな優しいですね。今日初めて会ったのに、何だか本当の家族のような気がしちゃいました。
幸一　まさかと思いますけど、三人に何か誤解させるようなことは言ってないでしょうね？
阿部　誤解って？
幸一　たとえば、僕と阿部先生が付き合ってるとか。

阿部　そんなこと言ってません。でも、私は岡崎さんのことをただの患者だとは思ってない、とは言いました。
幸一　え？
阿部　岡崎さんはどうなんですか？　私のこと、ただの医師としか思ってないんですか？
幸一　女性として、とても素敵な方だとは思ってます。でも、それ以上は。
阿部　（俯く）
幸一　阿部先生、泣いてるんですか？
阿部　うれし泣きです。何とも思ってないって言われたらどうしよう、と思ってたんで。
幸一　だからと言って、付き合うかどうかは。
阿部　そんなに大袈裟に考えないで、まずは二人で食事にでも行きましょう。
幸一　でも、どうして僕なんですか？　僕はラグビー選手ですよ。先生はラグビーが嫌いでしたよね？
阿部　私、ラグビーの試合をナマで見たのは、初めてだったんです。ラグビーって、アメフトと違って、ボールを前に投げちゃいけないんですね。
幸一　そうですよ。投げていいのは後ろだけ。たとえ目の前にチームメイトがいても、投げたら反則なんです。
阿部　それでわかったんです。岡崎さんは普段もラグビーをしてるって。
幸一　普段も？
阿部　岡崎さんはボールを胸に抱いて走ってる。たった一人で。誰にもパスしないで。私、そういう人を見ると、つい応援したくなっちゃうんです。私、次のお休みは日曜なんですけど、岡崎さんは？

幸一　僕も日曜は休みですけど。

阿部　じゃ、午後六時に池袋のいけふくろうの前で。（と歩き出す）

幸一　あ、ちょっと待ってください。阿部先生！

阿部　（立ち止まって）治療はもう終わったんだから、先生って呼ぶのはやめてください。次に会う時からは、阿部さんか、知香子で。じゃ。

阿部が去る。

# 6

アサミが居間でアルバムを見ながら、柿の種を食べている。

**アサミ**　まるで、蜘蛛の巣にひっかかった、チョウチョみたいね。糸でグルグル巻きにされて、体液をチューチュー吸われて。（と柿の種を口に入れる）

**幸一**　今度は柿の種？　母さん、僕の買い置き、全部食べ尽くすつもり？

**アサミ**　幽霊は体重を気にしなくていいから、楽よね。で、阿部先生とは付き合うことになったわけ？

**幸一**　何度か二人で食事をして、そのうち、映画を見たり、ドライブに行ったりするようになって。

**アサミ**　こう見ると、なかなかお似合いね。結婚の予定は？

**幸一**　それはまだ。

**アサミ**　でも、向こうだって、もういい年でしょう？　あんたが切り出してくれるのを待ってるんじゃない？

**幸一**　阿部さんの話は素直に信じてくれるんだ。

アサミ　（アルバムをめくりながら）川、山、海、砂丘。これだけ写真を見せられたら、信じないわけには行かないでしょう？
幸一　とにかく、これが僕の二十三年。母さんが死んでから、僕はこんなふうに生きてきたんだ。
アサミ　大したもんだね。一流のラグビー選手になって、医者の彼女をつかまえて。
幸一　一流とは言えないよ。うちのチームは何度も日本一になったけど、それは僕の力じゃない。日本代表に選ばれたこともないし。
アサミ　謙遜するんじゃないの。あんたは十二歳の時、独りぼっちになった。それなのに、よくここまでやったと思う。
幸一　うれしいよ。母さんに褒めてもらえて。
アサミ　私のこと、母さんだって認めてくれるの？
幸一　幽霊なんて絶対存在しないと思ってたけど、間違ってたみたいだ。だって、母さんは今、僕の目の前にいるんだから。
アサミ　ありがとうなら――
幸一　蜂は三匹。
アサミ　いっぱい話して、お腹が空いたでしょう？　今日まで頑張ったご褒美に、食事を作ってあげるよ。（と台所へ行く）
幸一　へえ、メニューは何？
アサミ　何が食べたい？（と冷蔵庫を開ける）
幸一　母さんは料理が苦手だったからな。スパゲティはいつも麺が固かったし、炒飯はベチョベ

アサミ　チョだったし。
幸一　あんた、そんなふうに思ってたの？
アサミ　でも、一つだけ大好きな料理があった。
幸一　何何？
アサミ　僕は生まれつき、扁桃腺が大きかった。だから、しょっちゅう風邪を引いてたよね？　母さんは看護婦のくせに、「熱ぐらい、寝てれば下がる」って言って、薬も飲ませてくれなかった。母さんが仕事に出かけると、僕は独りぼっち。熱でクラクラするから、テレビも見られない。布団に横になったまま、一日中、天井を見つめてた。
幸一　淋しかった？
アサミ　ちょっとね。でも、日が暮れてくると、ワクワクした。もうすぐ母さんが帰ってくる。今夜はきっとあれを作ってくれる。
幸一　わかった。おじやね？
アサミ　そうそう。母さんのおじやは絶品だった。あれを食べると、元気がモリモリ湧いてきた。
幸一　そんなに好きだったとはね。でも、私のおじやは普通のおじやよ。土鍋にご飯と卵を入れて、煮るだけ。（とシンクの下の戸棚を開ける）
アサミ　でも、本当においしかった。こうして話をしてるだけで、唾が出てくる。
幸一　ねえ、幸一、一つ聞いてもいい？
アサミ　何だい？
幸一　あんたは阿部先生に言われて、お酒をやめたんだよね？　でも、ここに帰ってきた時、酔っ払ってなかった？

幸一　酔ってない。今日は風邪気味で練習に出たから、気分が悪くなっちゃって。

アサミ　じゃ、これは何？

アサミがテーブルの上に空のウィスキー瓶を置く。何本も。

アサミ　幸一、あんたが聞かせてくれた話は、本当にあったことなの？　それとも、ただの作り話？

幸一　どうして僕が作り話なんか。

アサミ　私を喜ばすためよ。ねえ、どうなの？

携帯電話が鳴る。幸一がポケットから携帯電話を取り出し、画面を見る。

アサミ　出ないの？

幸一　だって、話の途中だから。

アサミ　大事な用事だったら、どうするの。出なさいよ。

幸一　わかったよ。（とボタンを押して）もしもし、阿部さんか？

阿部の声　幸一さん！　幸一さん！

幸一　どうしたんだよ。そんな大きな声を出して。

阿部の声　幸一さん！　しっかりして！

**幸一** 俺はしっかりしてるよ。君の方こそ、何かあったのか？
**阿部の声** 幸一さん！　目を覚まして！　幸一さん！

幸一が携帯電話を切る。

**アサミ** どうして切ったの？
**幸一** これ、壊れてるんじゃないかな。僕の声、向こうに聞こえないみたいだ。
**アサミ** 阿部先生、何だって？
**幸一** しっかりして、目を覚ましてって。
**アサミ** どういうこと？　阿部先生と何かあったの？
**幸一** （ソファーに座る）
**アサミ** やっぱり、あんたの話は嘘だったの？
**幸一** 嘘じゃない。僕が話したことはすべて事実だよ。でも、変わったんだ。何もかも。
**アサミ** いつ？
**幸一** 半年前だよ。

幸一がアパートの外に出る。阿部がやってくる。ファイルを持っている。

**阿部** 五年前に痛めたのと全く同じ場所。でも、今度の方が状態が悪い。

幸一　じゃ、また手術するしかないわけだ。
阿部　いいえ、手術はやめた方がいいと思う。成功率はよくて、十パーセント。もし成功したとしても、回復までに一年はかかる。
幸一　俺はそれでも構わない。
阿部　今のままでも、普通に生活する分には、何の支障もないでしょう？　だったら、無理はしない方がいい。
幸一　どういう意味だ？
阿部　あなたの膝はもう限界なの。ラグビーはやめた方がいい。
幸一　俺に引退しろって言うのか？
阿部　あなたは今年で三十五でしょう？　その年まで続けられただけで、奇跡よ。
幸一　でも、俺からラグビーを取ったら、何が残る？
阿部　あなたには、誰にも負けない、強い心がある。他の仕事に就いても、必ず成功する。
幸一　ラグビー以外に興味はない。
阿部　だったら、ラグビーに関わる仕事を探せばいいじゃない。監督とかコーチとか。
幸一　コーチなんかできるもんか。俺が口下手なのは知ってるだろう？
阿部　やる前から、決めつけないで。幸一さんなら、きっとできるようになる。よかったら、私も手伝うから。

阿部が去る。豊川がやってくる。

豊川　そうか。引退しろって言われたのか。
幸一　彼女の意見はもっともだと思う。でも、俺にはどうしても諦められなくて。
豊川　このまま続けて、また怪我をしたら？　その歳で杖をついて歩くことになるんだぞ。
幸一　おまえも彼女と同じ意見か。
豊川　ここだけの話だけどな、俺、近々、会社を辞めようと思ってるんだ。
幸一　辞めて、何をするんだ。
豊川　うちの会社は、スポーツ全般を扱ってるだろう？　俺の今の仕事は、ラクロスの大会の企画。その次は、ビーチバレーだ。でもな、俺はやっぱりラグビーが好きなんだよ。だから、ラグビー専門のイベント会社を作ろうと思って。
幸一　ラグビーだけで、食っていけるのか？
豊川　勝算はある。で、できれば、おまえにも手伝ってほしい。
幸一　待てよ。俺には会社の経営なんてできないぜ。
豊川　経営は俺がやる。おまえには、会社の顔になってほしいんだ。ラグビーをやってる人間で、初芝の岡崎を知らないやつはいないからな。
幸一　俺はそこまで有名じゃないよ。
豊川　何言ってるんだ。その年まで現役を続けられた人間が、他に何人いる。なあ、頼むよ、岡崎。俺にはおまえが必要なんだ。

豊川が去る。勇治・奈穂子・進太郎がやってくる。

奈穂子　そう、豊川さん、会社を作るの。
幸一　あいつは見た目は調子がいいけど、根はまじめだからね。きっとうまく行くと思う。
奈穂子　幸ちゃんもいろいろ手伝わされるんじゃない？　ラグビー教室の先生とか。
幸一　そのことなんだけど、実は俺——
奈穂子　やっぱり、手伝わされるんだ。でも、豊川さんも凄いわね。自分のやりたいことがやれて。
進太郎も少しは見習わないと。
進太郎　わかってるよ。
奈穂子　（幸一に）この子、まだ就職先が決まらないのよ。来年は卒業だっていうのに、困っちゃう。
勇治　まだ一年も先じゃないか。大学院に行くって手もあるし。
奈穂子　バカね。この子の成績で行けるわけないでしょう？
進太郎　俺は作家になりたいんだ。
奈穂子　何言ってるの。あんた、工学部でしょう？
進太郎　それは、社会より理科の方が得意だったからだよ。理系出身の作家って、結構多いんだ。
森見登美彦とか、乙一とか。
勇治　宮沢賢治もそうだな。
奈穂子　無理無理。この子が宮沢賢治になれるわけないじゃない。
幸一　おばさん、覚えてる？　俺が高校でラグビーを始めた時。あんな激しいスポーツ、幸ちゃ

奈穂子　んには無理だって言ったよね？　でも、今は？
幸一　幸ちゃんと進太郎は違うわよ。
進太郎　違わないよ。俺は途中で諦めなかった。進太郎だって、諦めなければ、必ず作家になれるさ。頑張れよ、進太郎。
幸一　ありがとう、兄さん。（と俯く）
進太郎　でも、とりあえず、就職はしないと。そうだ。豊川の会社はどうだ？　よかったら、聞いてやろうか？
奈穂子　（泣きながら）お願いします。（と頭を下げる）悪いわね、幸ちゃん。

幸一が三人から離れて、ポケットから携帯電話を取り出す。勇治が幸一に歩み寄る。

勇治　幸一、膝の具合はどうだ？
幸一　どうって？
勇治　最近、試合に出てないだろう。今だって、膝を庇ってるみたいだし。
幸一　実は、練習中に怪我をしちゃってね。でも、阿部さんに診てもらったら、すぐに治った。
勇治　だったらいいけど、あんまり無理をするなよ。もういい歳なんだから。
幸一　おじさんに言われたくないよ。でも、よくわかったね。気づかれないようにしてたつもりなのに。

**勇治**　父親だからな。

**幸一**　ありがとう、心配してくれて。

**勇治**　次はいつ試合に出る？　久しぶりに、見に行ってみようかな。

**幸一**　席を取るから、必ず来てよ。おばさんと進太郎も一緒に。

勇治が去る。

# 7

アサミが台所から居間へ行く。

**アサミ**　どういうこと？　あんた、引退するんじゃなかったの？

**幸一**　そのつもりだった。おじさんの家に行ったのも、引退するって言うためだった。でも、どうしても言えなくて。

**アサミ**　勇治たちをガッカリさせたくなかったから？

**幸一**　それもある。でも、僕はやっぱり、ラグビーがしたかったんだ。あのまま終わりにするのが、どうしてもいやだったんだ。

**アサミ**　それじゃ……。

**幸一**　次の日、僕は練習に復帰した。監督には、怪我は治りましたって、嘘をついて。膝は痛んだけど、我慢できないほどじゃなかった。

**アサミ**　でも、前のようには動けなかったでしょう？

**幸一**　確かに、公式試合だったら、出させてもらえなかったろうな。でも、次の試合は、学生相手の練習試合だった。

幸一がラグビーボールを持って、アパートの外に出る。一宮がやってくる。

一宮　岡崎君、あなた、この試合に出るの？
幸一　ええ、まあ。
一宮　でも、うちの旦那は、もうラグビーができる体じゃないって。
幸一　オーバーだな、豊川は。ほら、見てください。（とその場で走って）普通に走れるでしょう？
一宮　悪いけど、信用できない。豊川に確かめてみる。（と携帯電話を取り出す）
幸一　待ってください。（と一宮の手をつかむ）
一宮　それじゃ、やっぱり。
幸一　この試合だけです。この試合が終わったら、二度とラグビーはやりません。
一宮　でも、もしまた怪我をしたら。
幸一　相手は大学生ですよ。僕が潰されると思いますか？
一宮　でも、万が一ってことがある。岡崎君には悪いけど、監督に本当のことを言う。（と歩き出す）
幸一　これは、僕が選んだことなんだ。あなたに止める権利はない。
一宮　（立ち止まって）岡崎君、あなたは豊川の夢なの。自分にできなかったことをやりとげた人。そのあなたにもしものことがあったら、豊川はきっと悲しむ。私だって。
幸一　ありがとうございます。でも、そうやって、悪い方にばかり考えないでください。僕は大

一宮　丈夫ですから。
幸一　でも。僕にラグビーをやらせてください。お願いします。（と頭を下げる）

一宮が去る。笛の音。

幸一　試合は予想通り、一方的な展開になった。初芝は前半だけで、六回のトライ。他にも、ドロップゴールとペナルティゴールで、得点は四十八対三。
アサミ　あんたの膝は？
幸一　走れば走るほど、痛みが増した。でも、まだ我慢できる。後半が始まってすぐ、スクラムから出たボールが僕に回ってきた。敵のゴールまで、三十メートル。行ける！　僕は全速力で走った。
アサミ　どうしてそんな無茶をするの。
幸一　でも、たったの三十メートルだ。敵のバックスをかわして、左へ。あと二十メートル、十メートル。左からまたしても、敵のバックス。今度は右へかわした。と思った瞬間、膝に鋭い痛みが。
アサミ　幸一！
幸一　僕は思わず、バランスを崩した。そこへ、後ろから敵のタックル。僕は前のめりに倒れた。膝が地面を打った。その膝の上に、敵の体がのしかかってきた。

幸一が床に膝をつく。笛の音。

アサミ　それで？

幸一　あまりの激痛に、僕は気を失った。目が醒めた時、僕は病院のベッドで寝ていた。

アサミ　どれぐらいの怪我だったの？

幸一　靭帯断裂、半月板損傷。ここまでひどい怪我は初めてだった。応急手当てが終わると、僕は阿部さんの病院に行った。検査の結果は最悪だった。

阿部がやってくる。幸一が椅子に座る。

阿部　私にできるだけのことはする。でも、元の状態には戻せないと思う。

幸一　そうか。

阿部　私がシカゴ大学にいた時、お世話になった教授がいるんだけどね。その人なら、もっとよくすることができるかもしれない。連絡してみる？

幸一　それで元通りになる可能性は？

阿部　○パーセント。それができるのは神様だけ。

幸一　だったら、君に任せるよ。

阿部　じゃ、このまま、入院してもらう。手術は明日。

幸一　退院は？
阿部　わからない。場合によっては、二回目、三回目の手術が必要になるかもしれないし。でも、それは、あなたの膝を少しでもよくするためなの。焦らないで、我慢して。
幸一　怒ってるんだろう？　俺が約束を破ったこと。
阿部　そのことはもういいのよ。
幸一　よくないよ。俺は君を裏切ったんだ。それなのに、なぜ責めないんだ。
阿部　私が止めたら、試合に出るのをやめた？　やめるわけないよね。あなたはそういう人よ。たった一人でラグビーをする人。

阿部が去る。

幸一　三カ月後、豊川が見舞いに来た。

豊川がやってくる。

豊川　やっと退院できるんだって？
幸一　ああ、来週の月曜だ。
豊川　今日まで見舞いに来なくて、すまなかったな。
幸一　気にするなよ。会社の準備で忙しかったんだろう？

豊川　そのことなんだがな。俺、会社を作るのはやめたよ。

幸一　どうして。

豊川　やっぱり、ラグビー専門だと、経営が難しそうで。おまえにも、弟さんにも迷惑をかけるけど、許してくれ。この通りだ。（と頭を下げる）

幸一　正直に言えよ。俺のせいなんだろう？

豊川　違うよ。

幸一　会社の顔になるべき人間が、ラグビーで大怪我をした。そんな会社に、イベントを頼むやつなんかいるわけないもんな。

豊川　おまえは関係ない。俺に会社の経営は無理だったんだ。

幸一　豊川、本当のことを言えよ。

豊川　言って、どうなる？　おまえに悪気はなかった。最後にもう一度だけ、ラグビーがやりたかったんだろう？

幸一　でも、俺はおまえの期待を裏切った。俺がおまえだったら、絶対に許さない。

豊川　許すさ。だって、おまえはもう十分に罰を受けた。

豊川が去る。

幸一　退院の日、進太郎が迎えに来てくれた。

進太郎がやってくる。進太郎が幸一にステッキを渡す。幸一が立ち上がり、ステッキをついて、歩き出す。が、よろめく。進太郎が幸一を支える。幸一が進太郎の手を振り払う。

**進太郎** 兄さん……。
**幸一** 余計な手出しをするな。一人で歩ける。
**進太郎** でも……。
**幸一** 俺はもう怪我人じゃない。車も運転できるし、自転車にも乗れる。ただし、ラグビーはできないがな。
**進太郎** 兄さんはこれから第二の人生を歩むんだよ。そう考えればいいじゃないか。
**幸一** こんなものがなくちゃ歩けないのに、何が第二の人生だ。
**進太郎** やめろよ、そういうことを言うの。
**幸一** おまえに何がわかる。
**進太郎** ラグビーができなくなっても、兄さんは兄さんだよ。岡崎幸一は、絶対に泣き言を言っちゃいけないんだ。

進太郎が去る。

**幸一** 次の日から、僕は会社に出勤した。僕の仕事は、製造部から検査部に移されていた。朝から夕方まで、椅子に座って、製品のチェック。僕は酒を浴びるほど飲んだ。飲まなければ、気が狂いそうだった。

阿部がやってくる。

**阿部**　前に話したよね？　シカゴ大学の教授のこと。その人に相談してみたら、あなたの膝、まだ治療の余地があるって言うのよ。よかったら、シカゴに行って、診てもらわない？

**幸一**　でも、君は元通りにはならないって。

**阿部**　ラグビーみたいな激しい運動は、やっぱり無理だと思う。でも、ステッキを使わずに歩けるようになるなら、その方がいいでしょう？

**幸一**　いくらかかる。

**阿部**　お金のことは気にしないで。私が何とかするから。

**幸一**　君に出してもらうわけには行かない。

**阿部**　だったら、貸す。利子はナシ。返済期限もナシ。

**幸一**　そういうのは貸すって言わない。俺は君に迷惑をかけたくない。

**阿部**　私はあなたに立ち直ってほしいの。もう一度、前を向いて、歩いてほしいのよ。

**幸一**　歩いてるよ。ただし、こいつに頼りながらだけど。

**阿部**　あなたには、三十五歳までラグビーを続けてきた、実績がある。その実績を活かせばいろんなことができるはずよ。講演会を開くとか、本を書くとか。

**幸一**　俺の本なんか、誰が読む。確かに、この歳までラグビーを続けた。でも、それだけじゃな

阿部　いか。日本代表に選ばれたこともない。ワールドカップに出たこともない。挙げ句の果てに、学生相手の練習試合で、大怪我だ。ダメな選手の見本じゃないか。
幸一　そんな人を、私が好きになると思う？
阿部　君にはわかってなかったんだよ。俺が本当はどんな人間か。
幸一　そんなことない。
阿部　君は前に言ったよな？　俺は一人でラグビーをしてるって。それがなぜだか、わかるか？　怖いからだよ。他人にパスをするのが。パスして、キャッチしてもらえなかったら？　そう考えたら、一人で突っ走るしかなかったんだ。
幸一　そんなこと、最初からわかってた。でも、それでもいいと思った。いつかはきっとパスしてくれる。その日が来るまで、そばにいようって。
阿部　悪いけど、俺は自分のことで精一杯だ。君にパスはできない。
幸一　だったら、また待つ。
阿部　待っても無駄だ。
幸一　そう言われても待つ。
阿部　頼むから、やめてくれ。俺を一人にしてくれ。

阿部が去る。

アサミ　それで？

幸一　酒を飲みに行った。いくら飲んでも酔えなくて、気づいた時には、午前零時を過ぎていた。で、家に帰ってきたら、母さんがいたんだ。

アサミ　家にはどうやって帰ってきたの？　電車？　タクシー？

幸一　自分の車だよ。飲酒運転が犯罪だってことはわかってたけど、もうどうでもよくなって。

アサミ　お酒はどこで飲んだの？

幸一　新宿の歌舞伎町。

アサミ　新宿からどうやって帰ってきたの？

幸一　中央高速に乗って、府中インターで降りて。

アサミ　それから？

幸一　しばらく側道を走って、鎌倉街道に入って。

アサミ　それから？

幸一　関戸橋で多摩川を渡って。

アサミ　それから？

幸一　次の交差点を左に曲がろうとしたら、横断歩道に歩行者がいて。だから、慌ててハンドルを右に切って。

車がスリップする音。対向車に衝突する音。

岡崎　僕は……。

**アサミ**　思い出した？　何があったか。

**岡崎**　……僕は死んだの？

**アサミ**　まだ生きてる。でも、死にかかってる。だから、私と話ができるのよ。

# 8

阿部がやってくる。反対側から、勇治・奈穂子・進太郎がやってくる。

**勇治**　あ、阿部さん、幸一は？
**阿部**　十五分ほど前に、救急救命センターから、オペ室に移されました。
**奈穂子**　怪我の具合は？　かなりひどいんですか？
**阿部**　頭と胸を強く打ったようです。当直医の話によると、頭蓋骨や肋骨など、数カ所が骨折していて、脳と肺も損傷しているそうです。
**勇治**　意識は？
**阿部**　ありません。救命センターから出てきた時、呼びかけてみたんですが、何の反応もありませんでした。
**進太郎**　でも、手術すれば、助かるんですよね？
**阿部**　わかりません。担当医の様子を見る限り、非常に危険な状態であることは確かだと思います。
**進太郎**　そんな……。やっと膝が治ったっていうのに、どうして兄さんばっかりこんな目に。
**奈穂子**　(阿部に) あの子、お酒を飲んでたんでしょう？　自業自得よ。

進太郎　それじゃ、母さんは、兄さんが死んでも仕方ないって言うのか？
勇治　やめろ、進太郎。（知香子に）それで、オペ室は？
阿部　この奥です。私がご案内します。

阿部・進太郎が去る。

勇治　どうした。行くぞ。
奈穂子　私は、死んでも仕方ないなんて思ってない。あの子は私の息子なのよ。
勇治　わかってるよ、おまえの気持ちは。さあ。

勇治・奈穂子が去る。幸一が居間へ行く。

幸一　最初から知ってたの？　僕が死にかかってること。
アサミ　まさか。
幸一　いや、母さんは知ってたんだ。ここに来たのは、僕を向こうへ連れていくためなんだ。
アサミ　最初に言ったでしょう？　気づいた時にはここにいたって。
幸一　神様が迎えに寄越したんだよ。僕はやっぱり死ぬんだ。
アサミ　だとしたら、私は死者の魂を天国に導く天使ってわけね？
幸一　人間の寿命を断ち切る死神かもしれない。

アサミ　こんなキレイな死神がいるもんですか。
幸一　天使はポテトチップやビスケットをボリボリかじったりしないよ。
アサミ　（笑って）私は天使でも死神でもない。あんたの母親。母親が息子の死を願うと思う？
幸一　それじゃ。
アサミ　死ぬのは絶対に許さない。今すぐ、生き返りなさい。
幸一　生き返っていいの？　でも、どうやって？
アサミ　あんたは自分が死んだことに気づかないで、家に帰ってきた。自分の体を残して。今頃、体は病院にあるはず。そこまで行って、中に入るのよ。
幸一　僕の体の中に？
アサミ　そう。それだけでいいの。
幸一　でも、その体は事故でボロボロになってるよね？　もし治ったとしても、やっぱりステッキなしじゃ歩けない。
アサミ　このまま死ぬよりはマシでしょう。
幸一　そうなのかな？
アサミ　当たり前でしょう？　死んだら、何もできなくなる。食べることも、飲むことも、人と会って話すことも。
幸一　でも、ラグビーは？
アサミ　三十五歳までやったんだもの。もう十分でしょう？
幸一　そうだよな。僕は十分にラグビーをやった。思い残すことは何もない。

アサミ　何だって？
幸一　僕は生き返らない。僕の人生は、今日で終わりにするよ。
アサミ　バカなことを言うんじゃないの。まだ何十年も生きられるのに、どうして終わりにするのよ。
幸一　生き返っても、ラグビーはできないんだよ。ラグビーどころか、走ることもできない。ステッキがなければ、歩くことも。そんな人生、僕には必要ないよ。
アサミ　あんたが死んだら、阿部さんはどう思う？　勇治は？　奈穂子さんは？　進太郎は？
幸一　悲しんでくれるかもしれない。でも、生き返ったって、また迷惑をかけるだけだ。
アサミ　かければいいじゃない、いくらでも。みんな、きっと許してくれる。あんたのことが好きだから。
幸一　僕はいやだ。僕は誰にも迷惑をかけたくない。三十五にもなって、人に頼って生きるなんて、そんなの我慢できない。一人で生きていけないなら、死んだ方がマシだ。
アサミ　どうして。
幸一　ずっと一人で生きてきたからさ。母さんが死んだ日から。
アサミ　私が死んだ日から？
幸一　僕は幸せだったんだよ。母さんは僕を育てなきゃいけないから、大変だったかもしれない。朝から晩まで働いて、休みの日はクタクタ。だから、どこにも連れていってもらえなかった。でもね、僕に不満は何もなかった。だって、父さんは僕を捨てたけど、母さんは捨てなかったからね。
アサミ　幸一……。

幸一　でも、母さんは死んだ。どんなに好きになっても、突然、いなくなるんだよ。僕には絶対に止められないんだよ。だったら、最初から一人でいい。
アサミ　幸一。
幸一　一人なら、怖くない。相手を失うんじゃないかって、考えずに済むんだ。

アサミが幸一の頬を叩く。

幸一　何するんだよ。
アサミ　三十五にもなって、何もわかってないのね。頭の中は十二のまま。
幸一　偉そうなことを言うなよ。僕より年下のくせに。
アサミ　私だって、幸せだった。それは、あんたがいたからよ。キュウリが食べられなくて、野球が下手で、女の子にモテなかったあんたがいたから。
幸一　わかってるよ、そんなこと。
アサミ　いいえ、全然わかってない。わかってたら、一人でいいなんて言うはずがない。人はね、幸一、一人じゃ幸せになれないの。

携帯電話が鳴る。幸一がポケットから携帯電話を取り出し、ボタンを押す。

幸一　もしもし。

遠くに、阿部・豊川・一宮・勇治・奈穂子・進太郎が現れる。

**阿部** 幸一さん。
**豊川** 岡崎。
**一宮** 岡崎君。
**勇治** 幸一。
**奈穂子** 幸ちゃん。
**進太郎** 兄さん。
**阿部** しっかりして。
**豊川** 帰ってこい。
**一宮** 目を覚まして。
**勇治** 死ぬな。
**奈穂子** 死なないで。
**進太郎** 帰ってきてよ、兄さん。
**阿部** 幸一さん。

岡崎が携帯電話を切る。阿部・豊川・一宮・勇治・奈穂子・進太郎が消える。アサミが台所から土鍋とレンゲを持ってくる。居間のテーブルの上に置く。

アサミ　さあ、できたよ。あんたが大好きだった料理。（と蓋を取って）風邪の時はおじやが一番。これを食べて、元気を出しなさい。

幸一　僕は風邪は引いてないよ。

アサミ　ううん、引いてる。体じゃなくて、心が。このおじやを食べれば、風邪のウィルスなんかイチコロよ。子供の頃もそうだったでしょう？

幸一　確かに、次の日はすっかり熱が下がった。まるで、魔法の薬だった。何か特別なものでも入ってるの？

アサミ　母さんの愛情。

幸一　聞かなきゃよかった。

アサミ　つべこべ言ってないで、食べる食べる。いただきますは？

幸一　いただきます。（レンゲでおじやを掬い、口に入れる）

アサミ　どう？　おいしい？

幸一　（頷く）

アサミ　ごめんね、幸一。あんたを一人にして。でも、あんたは立派に生きてきた。今はもう一人じゃない。だから、信じていいの。あんたのそばにいる人たちを。

幸一　母さん、ありがとうなら。

アサミ　蜂は三匹。

幸一　子供ができたら、教えるよ。岡崎家の伝統にする。

アサミ　私はやめた方がいいと思う。さあ、残さずに、全部食べるのよ。で、食べ終わったら、行きなさい。病院へ。あんたの体の中へ。じゃあね。（と玄関に向かって歩き出す）
幸一　どこへ行くの？
アサミ　私も帰るのよ。元の場所へ。
幸一　元の場所って？
アサミ　意外と近くなのよ。勇治が言ってたでしょう？　ここからたったの四、四キロ先。

アサミが玄関の扉を開ける。

アサミ　本当はたまに見てたんだ。あんたのこと。
幸一　本当？
アサミ　聞こえなかった？　「頑張れ、幸一！」って声。
幸一　聞こえなかった。
アサミ　じゃ、今度はもっと大きな声を出さなくちゃ。じゃあね。

アサミが外に出ていく。岡崎がおじやを食べる。波の音。

〈幕〉

# 僕のポケットは星でいっぱい

MY POCKET IS FULL OF STARS

## 登場人物

カシオ　（ＨＡＬ研究員）
先生　（高校教諭）
ヒデトシ　（十六年前のカシオ・小学六年）
スギエ　（カシオの姉・保育士）
クリコ　（カシオの姉・大学院生）
アリマ　（ニュースキャスター）
タカスギ　（ニュースキャスター）
キド　（レポーター）
オオトモ教授　（平和堂大学医学部教授）
ヤマノウエ　（時間管理局局長）
ヌカダ　（時間管理局随行員）
課長　（時間管理局随行課課長）

1

闇の中に、男と女の姿が浮かび上がる。

**カシオ**　先生、時計を合わせましょう。

**先生**　（腕時計を見て）現在の時刻は、午後四時四十八分五十五秒、五十六秒、五十七秒――

**カシオ**　（腕時計を見て）よし、合ってる。いいですか、先生？　ヒデの到着時間は五時ジャストです。だから、先生はその十秒後に――

**先生**　わかってますよ。全部、覚えましたから。

**カシオ**　俺が言いたいのは、時間通りに行動しろってこと。つまずいて転ぶとか、ちょっとおトイレとか、絶対に禁止です。

**先生**　行きませんよ、おトイレなんて。

**カシオ**　うまく行けば、五分で終わる。くれぐれも落ち着いて。

**先生**　そちらこそ。

カシオと先生が去る。

別の場所に、ヒデトシがやってくる。周囲を見回す。そこへ、ヌカダがやってくる。

**ヌカダ** 君、ここは立入禁止だよ。

**ヒデトシ** え？　そうなの？

**ヌカダ** 社会科見学の小学生だね？　一人で勝手な行動をしちゃ、駄目じゃないか。それとも、迷子になったのかな？

**ヒデトシ** （ヌカダの持つ機械を指さして）それは？

**ヌカダ** おっと。（と機械を背中に隠して）これはとっても大切な機械なんだ。子供に触らせるわけには行かない。

**ヒデトシ** おじさん、出口はどっち？

**ヌカダ** やっぱり迷子か。出口はあっちだよ。（と背後を指さす）

**ヒデトシ** （ヌカダの手から機械を奪う）

**ヌカダ** あ、こら！

ヒデトシが扉に走る。扉が開き、ヒデトシが中に飛び込む。ヌカダが後を追って飛び込み、ヒデトシをつかむ。扉が閉まる。爆風の音。

別の場所に先生がやってくる。配電盤のパネルを開ける。

**先生** （腕時計を見て）午後四時五十九分五十八秒、五十九秒、午後五時！

扉が開き、ヒデトシとヌカダが飛び出す。ヒデトシが転ぶ。ヌカダがヒデトシをつかむ。

**先生**　（腕時計を見て）八秒、九秒、十秒！

先生がスイッチを押す。真っ暗になる。

**ヌカダ**　ん？

**ヒデトシ**　（ヌカダを突き飛ばし、走り出す）

**ヌカダ**　おい、待て！

ヒデトシが走り去る。後を追って、ヌカダが走り去る。

**先生**　さてと、次は——

そこへ、懐中電灯を持った男が走ってくる。

**ヤマベ**　（先生に懐中電灯を当てて）電源を落としたのはおまえか！

**先生**　おら、なんもしてねえだ。

先生が走り去る。後を追って、ヤマベも走り去る。
別の場所に、ヒデトシが走ってくる。反対側から、懐中電灯を持った男がやってくる。すれ違った直後、男が振り返る。

**ヤマノウエ**　待ちたまえ。
**ヒデトシ**　（立ち止まる）
**ヤマノウエ**　（ヒデトシに懐中電灯を当てて）君は誰だ。ここで何をしている。
**ヒデトシ**　（振り返らない）
**ヤマノウエ**　なぜ答えない。まさか、勝手に入ってきたのか？

ヤマノウエがヒデトシの腕をつかむ。ヒデトシがその手を振り払って、走り出す。と、目の前に、ヌカダが飛び出す。

**ヌカダ**　ふう、やっと追いついた。
**ヤマノウエ**　（ヌカダに懐中電灯を当てて）君はヌカダくんじゃないか。しかし、その制服は十年以上前の――
**ヌカダ**　事情は後で説明します。（ヒデトシに）マシンをよこせ。
**ヒデトシ**　（手に持っていた機械のボタンを押そうとする）

ヌカダ　やめろ。ここで押したら、死ぬぞ。
ヒデトシ　（手を止める）
ヌカダ　マシンを作動させると、半径三メートルの範囲で爆風が起こる。こんな狭い場所で爆風が起きたら、壁が崩れて、僕はペチャンコだ。僕を殺したくなかったら、マシンをよこせ。
ヒデトシ　（手に持っていた機械のボタンを押そうとする）
ヌカダ　やめろ！　殺さないでくれ！

ヌカダの背後から、カシオが飛び出す。ヌカダを突き飛ばし、ヒデトシに駆け寄る。

カシオ　ちょっと借りるよ。（とヒデトシの手から機械を取る）
ヒデトシ　あ、返せ！
カシオ　（機械をヌカダに向けて）動くな。動くと、最大出力で作動させるぞ。
ヤマノウエ　やめろ！　そんなことをしたら、このビルは——
カシオ　先生！

ヤマノウエの背後から、先生が飛び出す。

先生　はい！
カシオ　遅い！　どこで道草を食ってたんです。

**先生**　途中で迷子になっちゃって。
**カシオ**　いいから、こいつを連れて、外へ出てください。
**先生**　（ヒデトシの手を握って）行こう。
**ヒデトシ**　……母さん？
**先生**　いやだ。私がそんな年に見える？　さあ。

先生・ヒデトシが走り去る。カシオも後を追おうとする。そこへ、ヤマベが飛び出す。

**ヤマベ**　局長、これは一体――
**ヤマノウエ**　侵入者だ！　捕まえろ！

ヌカダがカシオに飛びかかる。カシオがかわす。ヤマノウエとヤマベがカシオにつかみかかる。カシオがかわす。ヌカダがカシオを羽交い締めにする。ヤマベがカシオに殴りかかる。カシオが避ける。ヤマベの拳はヌカダに当たる。

**ヤマベ**　あ、ごめん……。

カシオが走り去る。後を追って、ヤマノウエ・ヤマベ・ヌカダも走り去る。
別の場所に、カシオが走ってくる。反対側から、先生・ヒデトシがやってくる。

先生　遅い！　どこで道草を食ってたんです。
カシオ　いいから、車に乗ってください。

カシオ・先生・ヒデトシが車に乗る。カシオが車を発進させる。

先生　やったあ！　作戦成功ですね。
カシオ　まあ、こうなることはわかってましたけどね。
先生　（ヒデトシに）うわー、すごい汗。ハンカチで拭いたら？
ヒデトシ　持ってない。
カシオ　（先生に）こいつは忘れっぽいんですよ。ハンカチなんか、しょっちゅう忘れてたし。おかげで、ポケットはいつも空っぽ。
先生　（ヒデトシにハンカチを渡して）ポケットにハンカチ。紳士のたしなみよ。
ヒデトシ　（おでこを拭いて、返す）
先生　洗って返すのも、紳士のたしなみよ。
ヒデトシ　（カシオに手を差し出して）返せよ、それ。
カシオ　その前に、何か言うことがあるんじゃないか？
ヒデトシ　え？
先生　助けてもらったんだから、ありがとうって言わなくちゃ。

**ヒデトシ**　そんなの、まだわからない。このまま誘拐されるのかもしれないし。
**カシオ**　安心しろ。この車は、おまえの行きたかった所へ向かってる。俺の家だ。
**ヒデトシ**　俺の？
**カシオ**　俺の名前は柿本カシオ。どうだ、驚いたか？
**ヒデトシ**　別に。
**カシオ**　嘘つけ。俺が迎えに来るとは思ってなかったくせに。さあ、今度はおまえが名乗る番だ。
**ヒデトシ**　僕の名前はナカタヒデトシ。
**先生**　（吹き出す）
**カシオ**　やっぱり、その名前か。まあ、いい。ヒデ、ようこそ二〇三五年へ。（とヒデトシに右手を差し出す）
**ヒデトシ**　（カシオの右手を弾く）

## 2

カシオ・先生・ヒデトシがやってくる。

**カシオ**　ただいま。

反対側から、スギエ・クリコがやってくる。

**スギエ・クリコ**　お帰りなさい！

**カシオ**　やっぱり来てやがった。

**スギエ**　来てやがった、とは何よ。ここは私の家なのよ。いつ来たって、文句を言われる筋合いはないわ。

**カシオ**　でも、新婚一カ月で里帰りはまずいだろう。

**スギエ**　ウチの旦那様は世界一優しいの。「一晩泊まってきてもいい？」って聞いたら、「淋しいけど我慢する」って言ってくれた。

**クリコ**　はいはい、のろけ話はいいから。お兄ちゃん、紹介してよ。

カシオ　そうだな。姉さん、クリコ、この子が十六年前からやってきた、ナカタヒデトシくんだ。
クリコ　(ヒデトシに) ナカタヒデトシ?
ヒデトシ　(頷く)
スギエ・クリコ・先生　(笑う)
ヒデトシ　何だよ。何で笑うんだよ。
スギエ　だってだって、偽名を使うなら、もっとマシなのがあるでしょうに。
クリコ　あのね、ナカタヒデトシくん。今のJリーグのチェアマンは、あなたと同じナカタヒデトシって人なの。それって、偶然の一致かな?
カシオ　仕方なかったんだよ。とっさに思いついた名前がそれだったんだから。そうだろう、ヒデ?
クリコ　うわ、ヒデだって。
カシオ　黙れ、クリコ。(とクリコの頭を叩く)
クリコ　なんで叩くのよ。
カシオ　子供を馬鹿にするな。
クリコ　お兄ちゃんを馬鹿にしたんです。
カシオ　何だと、この野郎。
スギエ　まあまあ、いい年して、兄妹喧嘩はやめなさいって。
先生　カシオくん、続きは?
カシオ　そうだった。(ヒデトシに) でも、こっちの二人は紹介しなくていいだろう? 顔を見れば、わかるだろうし。

先生　でも、十六年前と比べたら、かなり変わってるんじゃないですか？
カシオ　そうか。俺の顔だって、結構変わってるもんな。（ヒデトシに）こっちが俺の姉のスギエ、こっちが妹のクリコだ。
クリコ　よろしく、ヒデ。
ヒデトシ　母さんは？
クリコ　え？
ヒデトシ　あなたたちのお母さんだよ。今、いないの？
カシオ　ヒデ、そのことなんだけど――
スギエ　（ヒデトシに）ごめんね。お母さんは今、留守なのよ。お父さんと二人で旅行に出かけてて。
ヒデトシ　旅行？
スギエ　去年、お父さんが定年退職してね。退職の記念に、世界一周旅行に行ったの。今頃はリオデジャネイロ辺りかな。
ヒデトシ　母さんも一緒に？
スギエ　もちろんよ。ウチのお父さんは世界で二番目の愛妻家だもの。お母さんを置いていくわけないわ。ちなみに、世界一はウチの旦那様よ。
カシオ　（ヒデトシに）追いかけっこで、疲れただろう。夕食の時間まで、俺の部屋で休めよ。
スギエ　（ヒデトシに）あなたの好きなもの、たくさん作るからね。期待しててよ。
カシオ　先生、お願いします。
先生　ヒデトシくん、行こうか。

先生・ヒデトシが去る。

クリコ　お姉ちゃん、今のは何？

スギエ　今のって？

クリコ　お母さんは世界一周旅行に行った？　どうしてそんな嘘をついたのよ。

スギエ　だって、いきなり本当のことを言ったら、傷つくと思ったから。

クリコ　それは仕方ないことじゃない。

スギエ　わかってる。でも、あんなに目ウルウルさせて……。明日の朝になったら、私の口から言うから。

クリコ　そうやって、先延ばしにするのは良くないと思う。私、あの子に言ってくる。

カシオ　待てよ、クリコ。姉さんがしたことは間違ってない。十六年前の姉さんも、やっぱり嘘をついたんだ。

スギエ　そうなの？

カシオ　あの時は確か、「四国八十八カ所巡り」だったかな。

クリコ　そんな嘘、よく信じたね。

カシオ　信じるもんか。すぐに嘘だって見抜いたよ。

クリコ　じゃ、ヒデトシくんも？

カシオ　もちろん、見抜いてるさ。でも、それでいいんだ。嘘の中身は変わったけど、それ以外は

クリコ　変わってない。
カシオ　つまり、歴史改変は起きてないってこと？
スギエ　ああ。
良かった。じゃ、食事の支度を始めるね。クリコ、手伝って。

スギエ・クリコが去る。

カシオ　ところが、そうは行かないんだ。

カシオが去る。
別の場所に、ヒデトシがやってくる。後から、先生が望遠鏡を持って、やってくる。

先生　ヒデトシくん、星に興味はある？
ヒデトシ　ない。
先生　やっぱり。でも、もう少し大きくなったら、興味を持つと思うよ。この望遠鏡、覗いてみない？
ヒデトシ　いいよ。
先生　（空を見上げて）うわー、カシオペアがあんなにキレイに見える。よし、望遠鏡で拡大してみよう。（と望遠鏡を覗く）

ヒデトシ　バカみたい。
先生　（歌う）「カシオピイア、もう水仙が咲き出すぞ、おまえのガラスの水車、きっきと回せ」
ヒデトシ　その歌、どうして知ってるの？
先生　カシオくんから聞いたのよ。なかなかいい歌よね。
ヒデトシ　あんたに歌の良さがわかるの？
先生　バカにしないでよ。私、こう見えても、音楽の先生なのよ。
ヒデトシ　へえ、理科の先生かと思ってた。
先生　星が好きになったのも、カシオくんの影響。そうだ。カシオくんから聞いたんだけどね、カシオペアっていうのは、古代エチオピア王国の王妃の名前なんだって。
ヒデトシ　王妃って、王様の奥さん？
先生　そう、ケフェウス王のお妃様。とってもキレイ人でね、いつもこう言って、威張ってたんだって。「海に住むネレイドの五十人の姉妹も、私の美しさには叶うまい」。それを聞いた海の神ポセイドンは、怒り狂って、お化け鯨を暴れさせた。困ったケフェウス王は、娘のアンドロメダを海岸の岩に鎖でつないで、生贄にした。そこへ通りかかったのが、天馬ペガススに乗った勇士ペルセウス。ねえ、聞いてる？
ヒデトシ　（望遠鏡を覗きながら）ペルセウス。
先生　そうそう。で、そのペルセウスは、たった今、退治してきたメドゥーサの首を、お化け鯨に突きつけた。メドゥーサの目を見た者は、すべて石になる。お化け鯨も石になり、見事、ペルセウスはアンドロメダを救い出した。ねえ、ホントに聞いてる？

ヒデトシ　聞いてるってば！
先生　カシオって名前はね、カシオペアからつけたんだって。
ヒデトシ　えー？　そんなイヤな女の名前から？　どうせなら、ペルセウスからつけてほしかったな。
先生　ペルセとか？
ヒデトシ　……やっぱり、カシオの方がいいや。
先生　（笑って）でも、なかなかロマンチックな話でしょう？　良かったら、入れておいて。あなたのポケットに。

そこへ、カシオがやってくる。

カシオ　もうすぐ食事ができるぞ。今日のおかずは、ハンバーグと春巻と栗きんとんだってさ。
先生　うわー、和洋中バラバラ。
カシオ　全部、俺の好物なんです。ヒデも好きだろう？
ヒデトシ　やっぱり、知ってるんだな？
カシオ　何が。
ヒデトシ　僕の本当の名前だよ。
カシオ　飛鳥小学校六年一組、黒板係の柿本カシオ。おまえは十六年前の俺だ。
ヒデトシ　いつ気がついた？　僕の顔を見た時？
カシオ　バカ。俺はおまえなんだぞ。おまえが今日の午後五時ジャストにタイムトラベルしてくる

先生　ことは、十六年前から知ってた。だって、俺も十六年前に同じことをしたんだから。
（ヒデトシに）だから、迎えに行ったのよ。こっちのカシオくんがタイムトラベルした時も、
大人のカシオくんが迎えに来てくれたんだって。
ヒデトシ　（カシオに）仕事は何をしてるの？
カシオ　研究者だよ。ＨＡＬっていう研究所に勤めてる。
ヒデトシ　医者じゃないの？　僕は将来、医者になるって決めたんだ。母さんが入院した時。
カシオ　そうだったな。
ヒデトシ　母さんは、本当に旅行に行ってるの？
カシオ　ああ、その話はまた明日にしよう。

そこへ、クリコがやってくる。

クリコ　お兄ちゃん、ニュースプラネットが始まるよ。

# 3

一組の男女が並んで立っている。

二人　こんばんは。
アリマ　ニュースプラネットの時間です。
タカスギ　政治経済、科学に教育、国際問題からご近所の噂話まで、ホットな話題を冷めないうちにお届けします。
アリマ　司会は私、アリマヨウコと――
タカスギ　タカスギシンイチです。
アリマ　最後まで、ごゆっくりお楽しみください。

二人が頭を下げる。

アリマ　さて、最初のニュースは、私についてですね。
タカスギ　そうなんです。実は今から三十年前の今日、アリマさんはこの番組のレギュラーになった

アリマ　んです。つまり、今日はアリマさんの三十周年の記念日というわけです。
タカスギ　すみません。私事をトップニュースにしちゃって。
アリマ　（アリマに花束を差し出して）おめでとうございます、アリマさん。
タカスギ　（受け取って）ありがとう。これ、スタッフのみんなから？
アリマ　いいえ、番組が始まる前に届いたんです。このカードと一緒に。（とカードを取り出して読む）「三十周年おめでとう。これからも毎晩見るからね。トビー・マクガイア」
タカスギ　ありがとう、トビー。あなたも『スパイダーマン32』、頑張ってね。
アリマ　アリマさんは、最初の頃はキャスターじゃなくて、レポーターだったんですよね？
タカスギ　そうです。最初の仕事は、世田谷区の飛鳥高校のレポートでした。そこの音楽部の生徒さんが、卒業式で奈良時代の歌を歌ったんです。我ながら、見事なレポートでした。
アリマ　では、次のニュースへ行きましょうか。
タカスギ　え？　もう？
アリマ　本日午後六時、六本木の時間管理局で、ヤマノウエ局長が記者会見を行い、タイムトラベル法違反事件が発生したと発表しました。
タカスギ　発表によりますと、事件が起きたのは本日午後五時頃、何者かが別の時代からタイムトラベルしてきて、局員一名に怪我をさせ、建物の外に逃走した模様です。
アリマ　詳しい話は、現場からレポートしてもらいましょう。キドさん！
タカスギ

別の場所に、キドがやってくる。

キド　はい。私が今、来ていますのは、六本木にあります、時間管理局です。
アリマ　時間局から、その後、何か発表はありましたか？
キド　いいえ。詳細がわかり次第、二回目の会見を行うとのことでしたが、まだその動きはありません。それでは、一時間ほど前に行われました、一回目の会見の模様をご覧ください。

別の場所に、ヤマノウエがやってくる。

ヤマノウエ　逃走したのは、十二歳から十五歳ぐらいの少年で、身長は一五五センチから一六〇センチぐらい、頭に野球帽をかぶっていました。
記者の声　少年は局員に怪我をさせたんですかよね？　ということは、武器か何か携帯していたんですか？
ヤマノウエ　いいえ。ただ、少年の逃走を手助けした者がおりまして。
記者の声　共犯者がいたんですか？　一体、何者です。
ヤマノウエ　男が一人に、女が一人。この二人も逃走したので、正体は不明です。
記者の声　少年は一人でタイムトラベルしてきたんですか？　それとも、共犯の男女と三人で？
ヤマノウエ　一人です。ただし、元の時代の随行員も一緒でした。少年は随行員の持っていたマシンを操作して、強引にタイムトラベルしたんです。
記者の声　そんなことができるんですか？

**ヤマノウエ**　近年は例がありませんが、以前は何度も起きていました。少年は十六年前の三月から来たようですが、その頃は年に数回、発生していました。

**アリマ**　ちょっと待ってください！

ヤマノウエが去る。

**アリマ**　キドさん、その少年は過去から来たんですか？

**キド**　そうなんです。タイムトラベル法では、未来へのタイムトラベルが厳重に禁止されています。過去へは研究者が行けますが、未来へは誰も行けません。

**タカスギ**　なぜ未来は駄目なんですか？

**アリマ**　それは、私が説明しましょう。たとえば、タカスギくんが一年後の未来へ行ったとします。するとそこでは、タカスギくんのお葬式が行われていたんです。

**タカスギ**　僕は死んでたんですか？

**アリマ**　ええ。死因はお酒の飲み過ぎでした。さあ、元の時代へ戻ったら、タカスギくんはどうするでしょう？

**タカスギ**　とっても落ち込むと思います。

**アリマ**　そうですね、落ち込みますね。で、その後は？

**キド**　私だったら、お酒をやめます。

**アリマ**　その答えを待っていました。もし未来が気に入らなかったら、現在を変えればいい。それも一つの歴史改変です。が、この歴史改変は防ぐことができない。お酒をやめるのは、タカスギくんの自由ですから。

**タカスギ** わかりましたよ。やめればいいんでしょう、やめれば。

**アリマ** このように、未来へのタイムトラベルは、歴史改変を起こす危険性が非常に高いんです。そうですよね、キドさん？

**キド** アリマさんの仰る通りです。少年がしたことはタイムトラベル法に反する行為であり、きわめて重大な犯罪だと言えます。

別の場所で、カシオ・スギエがテレビを見ている。

**スギエ** 重大な犯罪か。本当は今すぐ、時間局へ連れていくべきなのよね。

**カシオ** それは違う。十六年前の姉さんはそんなことしなかった。

**スギエ** わかってる。あんたが経験した通りのことを、あの子に経験させる。それが、歴史改変を防ぐことになるんでしょう？

**カシオ** そういうこと。

**スギエ** でも、やっぱりかわいそう。お母さんのことを知ったら、あの子、きっと傷つくわ。

**カシオ** 大丈夫だよ。あいつの覚悟はできてる。母さんは死ぬかもしれない。いや、きっと死ぬ。そう思ったから、ここへ来たんだ。

そこへ、クリコがやってくる。

**クリコ**　お兄ちゃん、ヒデトシくんがいないよ。
**スギエ**　またベランダじゃないの？　先生と星を見てるんじゃない？
**クリコ**　ベランダにもいなかった。先生も。
**スギエ**　カシオ、探しに行こう。
**カシオ**　その必要はない。ヒデの行き先はわかってる。
**スギエ**　どこへ行ったのよ。
**カシオ**　（テレビを指さして）あそこだよ。アリマさんに会いに行ったんだ。

4

先生・ヒデトシ・アリマがやってくる。

アリマ　驚いたわ。あなたが私に会いに来るなんて。
先生　私は付き添いです。アリマさんに会いに来たのは、この子なんです。
アリマ　誰よ、この子。待って。当ててみせるから。
先生　どうぞ。
アリマ　あなたが連れてきたんだから、カシオくんの知り合いであることは間違いないわね。わかった。カシオくんの親戚。
ヒデトシ　正解です。
アリマ　やっぱりね。君の顔、子供の頃のカシオくんによく似てるもの。名前は?
ヒデトシ　柿本ヒデトシです。
アリマ　ヒデトシくん、ニュースキャスターって、とっても忙しいの。放送が終わっても、明日の分の打ち合わせとかしなくちゃいけないし。はっきり言って、子供の相手をしてる暇はないのよ。

ヒデトシ　時間管理局で起きた事件について、有力な情報を提供するって言ったら？
アリマ　よく会いに来てくれたわね。そこのティールームで、チョコレートパフェでも食べる？
ヒデトシ　パフェのかわりに、聞きたいことがあります。
アリマ　私にも情報を提供しろってわけ？　私に取引をもちかけるなんて、大した度胸ね。で、君の聞きたいことは？
ヒデトシ　柿本光介は今、どこにいますか？
アリマ　カシオくんのお父さん？　そんなの、この人に聞けばいいじゃない。
ヒデトシ　で、答えは？
アリマ　ベルリンよ。
ヒデトシ　ベルリン？　リオデジャネイロじゃないんですか？
アリマ　柿本さんはね、去年、うちの会社を定年退職して、すぐに留学したの。あの人、昔からドイツオペラが好きでね。定年を期に、一から勉強したいって。
ヒデトシ　じゃ、母さんも一緒に？
アリマ　どういうこと？
ヒデトシ　だから、はるかさんも一緒に行ったんですか、ベルリンへ。
アリマ　（先生に）ねえ、この子、本当にカシオくんの親戚？
先生　……ええ。
アリマ　だったら、どうして知らないのよ。はるかさんが亡くなったこと。
ヒデトシ　亡くなった？　母さんは死んだんですか？

そこへ、カシオがやってくる。

**カシオ**　ヒデ、迎えに来たぞ。

**アリマ**　カシオくん！　てことは、この子はやっぱり、カシオくんの親戚？

**カシオ**　そうです。仕事中にお邪魔して、申し訳ありませんでした。

**アリマ**　それは別に構わないけど、この子、ちょっと変よ。はるかさんが亡くなったこと、知らないんだもの。

**カシオ**　親戚は親戚でも、ほとんど他人て言っていいぐらいの遠縁なんです。だから、今まで全然付き合いがなくて。

**先生**　（ヒデトシに）さあ、帰りましょう。

**アリマ**　（ヒデトシに）ちょっと待ってよ。君の情報はまだ受け取ってないわ。

**先生**　情報？

**アリマ**　（ヒデトシに）時間管理局で起きた事件について、有力な情報を提供するって言ったでしょう？

**カシオ**　子供の話を真に受けないでください。こいつがそんなこと、できるわけないでしょう。

**アリマ**　（ヒデトシに）そうなの？　君は私を騙したの？

そこへ、キドがやってくる。

キド　アリマさん、ただいま帰りました。

アリマ　早かったわね。時間局の監視ビデオは？

キド　（ビデオケースを示して）これです。すぐに編集にしますから。

アリマ　ちょっと待って、私も行くから。カシオくん、私はあなたが生まれた時からあなたを知ってる。あなたが生まれた次の日に病院に行って、新生児室の中のあなたを見た。二十歳になるまで、毎年お年玉もあげた。

カシオ　アリマさんには本当に感謝しています。

アリマ　だったら、本当のことを言って。その子は、本当にあなたの親戚？

ヒデトシが走り去る。

カシオ　おい、ヒデ！（アリマに）失礼します。

カシオ・先生が走り去る。

キド　今の人、柿本カシオさんですよね？

アリマ　知ってるの？

キド　ええ、私の友達のお兄さんなんです。子供の頃からカッコよくて、友達の家に行くのが楽しみでした。

**キド** もしかして、初恋の人？

**アリマ** いやだ、違いますよ！　でも、カシオさんて、最近、有名ですよね。ほら、去年、ＨＡＬのレポートをしたでしょう？　その時、取材した人たちがみんな言ってました。今、ＨＡＬで最も優秀な研究者は、柿本カシオだろうって。

**キド** キドさん、逃走した少年を手助けしたのは、男と女の二人組よね？

**アリマ** それがあの二人？　まさか、カシオさんがそんなこと。

**アリマ** （キドの手からビデオケースを取って）これを見れば、答えが出る。編集室へ行こう。

アリマ・キドが去る。

別の場所に、ヒデトシがやってくる。後を追って、カシオ・先生がやってくる。カシオがヒデトシの腕をつかむ。

**カシオ** 待てよ、ヒデ。

**ヒデトシ** （カシオの手を振り払って）放せよ。

**カシオ** 嘘をついて、悪かった。でも、明日になったら、ちゃんと言おうと思ってたんだ。

**ヒデトシ** あんたは十六年前に、僕と同じことをした。そうだろう？

**カシオ** ああ。

**ヒデトシ** あんたも、アリマさんに会いに行ったのか？

カシオ　行った。ニュースプラネットを見て、この人に聞けば、本当のことがわかると思って。
ヒデトシ　じゃ、僕が黙って家を出ることも知ってたんだな？
カシオ　でも、途中で何があるか、わからないからな。先生に一緒に行ってもらった。
先生　（ヒデトシに）事故に遭ったら、大変だからね。
ヒデトシ　（カシオに）アリマさんから聞いたよ。母さんは死んだって。
カシオ　そうか。
ヒデトシ　僕がアリマさんから聞くってことも、最初から知ってたんだろう？
カシオ　ああ。
ヒデトシ　あんたはずるい。明日、言おうと思ってたなんて、嘘じゃないか。自分が言いたくないから、アリマさんに言わせたんじゃないか。
カシオ　そうじゃない。俺は歴史を変えたくなかっただけだ。もしアリマさんが言わなかったら、俺が言うつもりだった。
ヒデトシ　母さんはいつ死んだんだ。
カシオ　十六年前の四月。おまえがタイムトラベルした日から、一カ月後だ。
ヒデトシ　一カ月？　父さんはまだ半年は大丈夫だろうって。
カシオ　それが信じられなかったから、タイムトラベルしてきたんだろう？
ヒデトシ　（カシオの胸ぐらをつかんで）嘘つきだ！　父さんもあんたも姉さんもクリコも、みんな嘘つきだ！

ヒデトシがカシオを突き飛ばして、うつむく。

**先生**　ごめんね、カシオくん。

# 5

ヤマノウエ・ヌカダがやってくる。ヌカダは頭に包帯を巻いている。

**ヌカダ**　驚きました。ヤマノウエさんが局長になってるなんて。
**ヤマノウエ**　十六年前は、まだ課長代理だったかな？
**ヌカダ**　そうです。僕たち随行員がミスをするたびに、一緒に課長の所へ行って、頭を下げてくれて。なんて優しい人だろう、でも、きっと出世はしないだろうと思ってたのに。
**ヤマノウエ**　ヌカダくん、カメの歩みはのろい。しかし、最後はウサギに勝つんだよ。
**ヌカダ**　今回の事件でも、また一緒に頭を下げてもらうことになると思います。本当に申し訳ありません。
**ヤマノウエ**　そのことなんだがな、私には記憶がないんだ。十六年前に、君が未来へ行ったという記憶が。
**ヌカダ**　それはつまり、私が今回の事件を隠蔽したということですか？　でも、そんなことは不可能です。タイムトラベルの記録はマシンに自動的に残るんですから。
**ヤマノウエ**　しかし、それ以外にどんな可能性がある。

ヌカダ　共犯者がやったのかもしれません。
ヤマノウエ　共犯者？　少年の逃走をを手助けした二人か？
ヌカダ　いや、それはないでしょう。彼らのこの時代の人間ですから。
ヤマノウエ　すると、君はこう言いたいのか？　十六年前にも、共犯者がいたと。
ヌカダ　ええ。

そこへ、ヤマベがやってくる。

ヤマベ　局長、お電話です。（と受話器を差し出す）
ヤマノウエ　（受け取って）誰からだ。
ヤマベ　ニュースプラネットのアリマさんて仰ってました。
ヤマノウエ　アリマヨウコさん？　俺、ファンなんだよ。（とボタンを押して、受話器に）もしもし、局長のヤマノウエです。

別の場所に、受話器を持ったアリマがやってくる。ヤマベは去る。

アリマ　突然お電話して、申し訳ありません。ニュースプラネットのアリマヨウコです。はじめまして。
ヤマノウエ　初めてじゃありません。あなたのことは、三十年前からずっと見てました。

アリマ　でも、こうしてお話するのは初めてですよね？
ヤマノウエ　そう言えば。
アリマ　私のことをご存じでしたら、話が早いわ。実は折入って、ヤマノウエさんにお願いがあるんです。ヤマノウエさんと、十六年前からやってきた随行員の方に、直接インタビューをさせていただきたいんです。
ヤマノウエ　インタビューですか？　しかし、話でしたら、記者会見でしてますが。
アリマ　私どもの番組では、今回の事件について、特集を組みたいと考えています。そのためには、ぜひとも単独でのインタビューが必要なんです。
ヤマノウエ　しかし。
アリマ　今回の事件について、有力な情報を提供するって言ったら？
ヤマノウエ　今すぐ、こちらに来てください。
ヌカダ　しかし、もうすぐ二回目の記者会見が始まります。
ヤマノウエ　（受話器を手で押さえて）会見が終わった後だったら、いくらでも時間があるじゃないか。
アリマ　もしもし？　ヤマノウエさん？
ヤマノウエ　それで、アリマさんが提供してくださる情報というのは？
アリマ　それは直接、お会いした時に。

そこへ、男がやってきて、ヤマノウエの手から受話器を奪う。

課長　（受話器に）申し訳ないが、インタビューはお断りします。
ヤマノウエ　君、いきなり何をするんだ。
ヌカダ　課長！
ヤマノウエ　課長？
アリマ　あなたは誰です。ヤマノウエさんは快く引き受けてくださいましたよ。
課長　それはあなたの聞き間違いでしょう。それでは、これで。（とボタンを押す）
アリマ　ちょっと！　待ってください！

アリマが受話器を睨みつけ、去る。

ヌカダ　ヤマノウエさん、紹介します。こちらが私の上司で、随行課課長の――
ヤマノウエ　いや、紹介はいい。この人のことは、私もよく存じ上げている。何しろ、私の上司だったんだから。
課長　まさか、君が局長になっているとはな。
ヤマノウエ　私の前の局長はあなたですよ。結局、カメはウサギに追いつけなかったんです。
ヌカダ　（課長に）いつこちらにいらっしゃったんですか？
課長　たった今だ。
ヌカダ　私が来たのは午後五時ちょうど。今から四時間前です。
課長　そんなことはわかってる。で、犯人は？

**ヌカダ**　まだ捕まってません。それどころか、いまだに名前も判明してなくて。

**課長**　犯人の名前は柿本カシオ。年齢は十二歳。今はおそらく、杉並区の柿本光介宅に潜伏している。

**ヌカダ**　どうしてそんなことまで？

**課長**　向こうを出発する前に調べてきたんだ。じゃ、すぐに逮捕に向かうとしよう。

**ヤマノウエ**　逮捕は警察に任せた方が。

**課長**　これ以上、この時代の人間に迷惑はかけたくない。十六年前の人間がしでかしたことは、十六年前の人間が片付ける。

**ヤマノウエ**　しかし。

**課長**　ヤマノウエくん、後のことは僕に任せてくれ。

**ヤマノウエ**　わかりましたよ、サルマルさん。

## 6

カシオ・先生・ヒデトシがやってくる。

**カシオ** ただいま。

反対側から、スギエ・クリコがやってくる。

**スギエ・クリコ** お帰りなさい！

**カシオ** 姉さん、食事は？　まさか、先に食ってないだろうな？

**スギエ** そんなことするわけないでしょう？　ヒデトシくんに食べてもらうために作ったんだから。(ヒデトシに)今、温め直すからね。

**ヒデトシ** 嘘つき。

ヒデトシが去る。

スギエ　何よ、嘘つきって。
先生　アリマさんから聞いたんです。お母さんが亡くなったこと。

スギエが去る。後を追って、先生が去る。

クリコ　お姉ちゃん！
カシオ　クリコ、食事にしよう。
クリコ　ヒデトシくんはどうするのよ。
カシオ　あいつは食わないよ。俺も十六年前は食わなかったんだ。招かれざる客のせいで。
クリコ　招かれざる客？
カシオ　あと一時間ぐらいで来るはずだ。だから、急いで食わないと。クリコ、頼む。

カシオ・クリコが去る。
別の場所に、ヒデトシが望遠鏡を持って、やってくる。後を追って、先生・スギエがやってくる。

スギエ　ヒデトシくん。
ヒデトシ　僕はおなかが空いてない。だから、ここで星を見てるよ。
先生　じゃ、私もそうしようかな。
ヒデトシ　いいから、一人にしてくれよ。みんな、向こうへ行ってくれ。（と望遠鏡を覗く）

スギエ　わかった。あなたの言う通りにする。でも、その前に、一言だけ言わせて。

先生　ヒデトシくん、スギエさんの話を聞いてあげて。

スギエ　（ヒデトシに）私たちのお母さんは十六年前に亡くなった。でも、あなたのお母さんはまだ亡くなってない。大切なのはこれからなのよ。

先生　これから？

スギエ　今でも覚えてる。十六年前、カシオが未来から帰ってきた時。何だか急に明るくなってね。家にいる時も、お母さんのお見舞いに行った時も、冗談ばっかり言うようになって。カシオのおかげで、どんなに助けられたか、わからないわ。

先生　そうだったんですか。

スギエ　お母さんも、きっと喜んでたと思う。自分の命が長くないことは知ってたみたいだから。

先生　お医者さんから、告知されたんですか？

スギエ　（うなづいて、ヒデトシに）お母さんは、スキルス性ガンっていう病気でね。入院した時には、もう手の施しようがなかったの。

ヒデトシ　それは十六年前の話だろう？　今の医学なら、治せるかもしれない。

スギエ　そう思ったから、ここへ来たんでしょう？　でも、無理なのよ。ガンの特効薬はいまだに発見されてない。お母さんを助ける方法はないの。

ヒデトシ　嘘だ。

スギエ　今度は嘘じゃない。十六年前、カシオは何も持たずに帰ってきた。それなのに、一生懸命明るく振る舞って。あなたにも同じことができる？　お母さんのために。

**先生**　どう？　ヒデトシくん。
**ヒデトシ**　ペルセウスはアンドロメダを助けたんだよね？
**先生**　そうよ。お化け鯨にメドゥーサの首を突きつけて。
**ヒデトシ**　神話なんて嘘っぱちだ。誰かが誰かを助けるなんて、現実の世界にはあり得ないんだ。

チャイムの音。カシオ・クリコがやってくる。

**クリコ**　招かれざる客？
**カシオ**　ああ。二階へ行って、先生に知らせてくれ。
**クリコ**　なんて言えばいいのよ。
**カシオ**　逃げろって言えばわかる。早く。

クリコが去る。

**カシオ**　（ボタンを押して）どちら様ですか？
**ヌカダの声**　時間管理局のヌカダと申します。こちらに、柿本カシオくんが来てますよね？
**カシオ**　柿本カシオは僕ですが。
**ヌカダの声**　あなたじゃなくて、子供の方のカシオくんです。十六年前からやってきた。
**カシオ**　いや、僕は十六年前からここに住んでますけど。

**ヌカダの声**　いいから、早く開けてください。
**カシオ**　はいはい。

扉が開く。課長・ヌカダが入ってくる。

**課長**　時間管理局の方が、僕に何の用です。
**カシオ**　（カシオに紙を突き付けて）柿本カシオの逮捕状だ。時間管理局は、タイムトラベル法違反者に対して、逮捕権が付与されている。速やかに身柄を引き渡してもらいたい。
**課長**　そう言われても、僕には何のことだか。
**カシオ**　（ヌカダに）探せ。

ヌカダが走り去る。

**課長**　君には刑法違反の容疑がかかっている。不法侵入と傷害と犯人隠匿。まあ、逮捕するのは警察の仕事だがな。
**カシオ**　覚悟はできてますよ、サルマルさん。
**課長**　私の名前を知ってるのか。
**カシオ**　ええ。
**課長**　とすると、私と君のお母さんの間に何があったかも知ってるんだな？

カシオ　三十年前、あなたは随行員の立場を利用して、歴史改変を行った。母の過去を改変して、父から母を奪った。
課長　結局、奪い返されたがな。君の父親には、痛い目に遇わされた。しかし、今度はそうは行かない。

チャイムの音。

カシオ　またお客さんだ。もう十時を過ぎてるのに。(とボタンを押して) どちら様ですか?
キドの声　その声はカシオさんですね? 私、クリコちゃんの友達の、キドです。
カシオ　(課長に) 妹の友達です。中へ入れていいですよね?
課長　駄目だ。追い返せ。
カシオ　帰れって言っても、帰らないんじゃないかな。彼女の目的はヒデだから。

そこへ、ヌカダが戻ってくる。後から、スギエ・クリコもやってくる。

ヌカダ　課長、柿本カシオはいませんでした。ベランダから庭へ下りたようです。
課長　(カシオに) 我々が来ることは、前からわかっていたわけか。行こう、ヌカダくん。

扉が開く。キドがマイクを持って、立っている。

キド　あ、あなた、時間管理局の方ですね？　今回の事件について、お聞きしたいんですが。
ヌカダ　ノーコメント。
キド　あ、ちょっと待って！

課長・ヌカダが去る。

キド　（カシオに）カシオくんはもうここにはいないんですね？
カシオ　あれ？　クリコに会いに来たんじゃなかったの？
キド　ごめんなさい、カシオさん。私は十六年前のあなたに会いに来たんです。
カシオ　つまり、君はニュースプラネットのレポーターとして来たわけだ。
キド　知ってるんですか、私のこと？
カシオ　もちろんだよ。小学校の頃から、何度も顔を見てるし。
クリコ　カツラ、あの子のことはそっとしておいてあげて。
キド　悪いけど、それはできない。これは仕事なんだから。
クリコ　確かに、あの子のしたことは悪いことだと思う。でも、あの子はあの子なりに必死なのよ。
キド　わかってるよ、クリコ。でも、私だって、この仕事、必死でやってるの。カシオさん、こんな時になんですけど、あなたに言いたいことがあります。
カシオ　言いたいこと？

キド　好きでした。話をするのは今日が初めてだけど、ずっとずっと好きでした。

キドが去る。

クリコ　仕事中に何やってるのよ！
スギエ　（カシオに）いいの、追いかけなくて？
カシオ　こっちは行き先がわかってるんだ。慌てなくても、途中で追い抜けるよ。
クリコ　今度の行き先は？
カシオ　クリコは覚えてるか？　十六年前にお世話になった、オオトモ先生。
クリコ　もちろんよ。あの顔は一度見たら忘れない。

# 7

ヒデトシ・先生が走ってくる。タクシーに乗る。
ヌカダ・課長が走ってくる。時間管理局の車に乗る。
キドが走ってくる。タクシーに乗る。
カシオ・スギエ・クリコが走ってくる。カシオの車に乗る。

**ヌカダ**　課長、ヤマノウエさんに電話しておきますか？
**課長**　したかったら、君がしろ。
**ヌカダ**　でも、私は今、運転中です。
**課長**　じゃ、するな。

キドが携帯電話をかける。

**キド**　もしもし、アリマさん？
**アリマの声**　キドさんね？　今、どこ？

キド　時間局の人間が乗った車を追跡中です。時間局の人間は、柿本カシオの逃亡先へ向かっているようです。
アリマの声　つまり、あなたは車で移動中なのね？　実は私もなのよ。

アリマ・タカスギがテレビ局の車でやってくる。

アリマ　それで、現在地はわかる？
キド　高円寺です。環七を北へ向かってます。
アリマ　環七を北へ？　タカスギくん、カーナビで調べて。
タカスギ　はあ……。
アリマ　どうしたの？　元気がないわね。
タカスギ　アリマさんの話を聞いたら、カシオって子がかわいそうになっちゃって。
アリマ　何言ってるの。あの子がしてることは、重大な犯罪なのよ。
タカスギ　男の子はね、時々、無性に暴れたくなることがあるんですよ。実は僕も小学生の時に——
アリマ　（カーナビを調べながら）悪いけど、静かにしてくれる？
タカスギ　はい。
アリマ　わかった、板橋よ。キドさん、あの子は平和堂大学の付属病院へ行くつもりなのよ。
キド　今、なんて言いました？　病院？
アリマ　十六年前、はるかさんが入院してた病院よ。

アリマ・タカスギが去る。

**スギエ**　カシオ、もっとスピードを出して。
**カシオ**　はいはい。俺は一人で行くつもりだったのに。
**スギエ**　そう言わないで。私だって、あの子が心配なのよ。
**クリコ**　私たちの顔を見たら、怒るだろうね。
**スギエ**　仕方ないわよ。最初に嘘をついたのは私なんだから。
**カシオ**　そうじゃない。あいつが怒ってるのは、別のことだよ。
**クリコ**　別のこと？
**カシオ**　俺も姉さんもクリコも、平気な顔で暮らしてる。母さんがいないのに、誰も悲しそうじゃない。
**クリコ**　だって、あれから十六年も経ったのよ。
**カシオ**　おまえはどうだった。母さんが死んだ時、また笑える日が来ると思ったか？

ヌカダが携帯電話を出す。

**ヌカダ**　課長、ヤマノウエさんからです。
**課長**　切れ。

ヌカダが携帯電話を切る。

スギエ　あの病院へ行くのは久しぶりね。
クリコ　十六年前はバスで行ったよね。
スギエ　そうそう。毎日三人で通ったのよ。少しでも、お母さんと一緒にいたくて。
クリコ　お姉ちゃんは料理の作り方を教えてもらって。
カシオ　カシオは学校の宿題を手伝ってもらって。
スギエ　クリコは歌を歌ってもらって。
クリコ　覚えてる？　お母さんが最後に私たちに言ったこと。
カシオ　ありがとう、だろう？
クリコ　育ててくれたのはお母さんなのに。でも、私はうれしかった。さよならって言われるより、百万倍うれしかったのよ。

ヒデトシ・先生がタクシーから降りて、走り去る。
ヌカダ・課長が車から降りて、走り去る。
カシオ・スギエ・クリコが降りて、走り去る。

キド　え？　前のタクシーを見失った？　そんなあ。じゃ、この近くに病院はないですか？　名前は確か……。（窓の外を見て）あ！　今の建物、病院でしたよね？　聖イグナチオ病院？
ええ、確か、そんな名前でした。停めてください！　降ります！

キドがタクシーから降りて、走り去る。
別の場所に、オオトモ教授・アリマ・タカスギがやってくる。タカスギはビデオカメラを持っている。

**アリマ**　オオトモ先生、オオトモ先生ですよね？
**オオトモ教授**　あなた方は？
**アリマ**　ニュースプラネットのアリマと申します。
**タカスギ**　（オオトモ教授に）同じく、タカスギです。
**オオトモ教授**　ああ、確かにタカスギくんだ。私は君のファンなんだよ。先輩のしごきに負けないで、頑張りたまえ。
**タカスギ**　どうも。
**アリマ**　（オオトモ教授に）付かぬ事をお聞きしますが、こちらに柿本カシオという少年は来ませんでしたか？
**オオトモ教授**　そういう名前の患者は覚えがありませんな。
**アリマ**　カシオくんは患者じゃない。今日の夕方、十六年前の世界からやってきたんです。
**オオトモ教授**　十六年前から？　一体何のために。

そこへ、ヒデトシ・先生がやってくる。

**先生**　あなたに会うためです。

**アリマ**　カシオくん！

**ヒデトシ**　オオトモ先生、先生は十六年前に、柿本はるかという患者の担当をした。覚えていますか？

**オオトモ教授**　覚えているとも。スキルス性ガンで、入院して一カ月で亡くなってしまった。幼い子供を三人も残して。さぞかし無念だったろう。

**アリマ**　あの時の男の子が、この子なんですよ。

**オオトモ教授**　そうか、君か。

**ヒデトシ**　教えてください。今の医学なら、母の病気が治せますか？

**オオトモ教授**　おそらく無理だ。スキルス性ガンは、治療が非常に困難でね。今も世界中の医学者が研究しているが、確実な治療法は発見されていない。しかも、君のお母さんの病状はかなり進行していた。今の私でも、治すことはできないだろう。

**ヒデトシ**　でも、それは母が入院した時点での話ですよね？

**アリマ**　どういうこと？

**ヒデトシ**　母が入院する一年前、病気になる前に行って、ガンができる部分を取れば。

**アリマ**　健康な体にメスを入れろって言うの？

**ヒデトシ**　（オオトモ教授に）お願いします。僕と一緒に、十七年前に行ってください。

**オオトモ教授**　カシオくん、それはできない。

**ヒデトシ**　先生！

**オオトモ教授**　君がお母さんを失いたくない気持ちはわかる。私にとっても、自分が担当した患者だ。絶対に死なせたくなかった。しかし、一度起きてしまったことを、元に戻すことはできない。

**ヒデトシ**　先生！

**オオトモ教授**　元に戻せないからこそ、必死で生きる。明日死ぬかもしれないから、今日という日を大切にする。それが人間というものなんじゃないかな。

そこへ、カシオ・スギエ・クリコがやってくる。

**スギエ**　カシオ。

**カシオ**　先生、何ボーッとしてるんですか。カメラを止めさせてください。

**先生**　あ、アリマさん、この子はまだ小学生です。撮るのはやめてください。

**アリマ**　顔なら、後でモザイクで隠すわ。それでいいでしょう？

**先生**　でも。

**タカスギ**　アリマさん、もうやめませんか。

**アリマ**　何を言い出すのよ、タカスギくんまで。

**タカスギ**　確かに、この子がしてることは、悪いことかもしれない。でも、別に誰かを傷つけてるわけじゃない。自分の母親を助けようとしてるだけなんですよ。

ヒデトシが走り出す。

**クリコ**　お兄ちゃん！

ヒデトシの目の前に、課長・ヌカダが立ち塞がる。

**課長**　追いかけっこはここまでだ。

# 8

カシオ・先生・ヒデトシ・ヤマノウエ・ヌカダ・課長がやってくる。

**ヤマノウエ**　サルマルさん、ありがとうございました。
**課長**　君に礼を言われる覚えはないが。
**ヤマノウエ**　あなたのおかげで、被害を最小限に食い止めることができた。私の首も飛ばされずに済みそうです。
**課長**　その判断はまだ早い。この子を尋問してからでないと。
**カシオ**　こいつは俺の家とテレビ局と病院にしか行ってない。この時代のことは何もわかってませんよ。
**課長**　（ヒデトシに）妹さんの身長は？
**ヒデトシ**　すごくでかくなってた。
**課長**　（カシオに）ちゃんとわかってるじゃないか。
**先生**　そんなこと知ってても、歴史は変わらないでしょう？
**ヌカダ**　（腕時計を見て）課長、そろそろ出発しないと。

ヤマノウエ　（腕時計を見て）午前一時。滞在時間は八時間か。

課長　（ヒデトシに）八時間もかけて、結局、何もできずに帰るわけか。君の父親とは雲泥の差だな。

ヒデトシ　父さんも、未来に来たことがあるのか？

カシオ　父さんは過去へ行ったんだ。母さんをこの人から取り戻すために。その時、父さんに与えられた時間は、たったの四十五分。でも、見事にやってのけた。

課長　あの時のことを思い出すと、今でも腸が煮えくり返る。

カシオ　だったら、なぜすぐに仕返ししなかったんです。

課長　民間人のタイムトラベルが禁止されたんだ。おかげで、我々随行員の仕事は百分の一になった。しかも、行き先は縄文時代とか弥生時代とか、大昔ばかり。歴史改変などやりようがなかった。

ヤマノウエ　今、歴史改変と言いましたか？

課長　こっちの話だ。ヌカダくん、出発しよう。

ヌカダ　じゃ、マシンをセットします。目標時間は、課長が出発した時間でいいですよね？（と機械を操作して）二〇一九年三月五日午後九時。

ヒデトシがヌカダの手から機械を奪う。

ヌカダ　あ！　また！

ヤマノウエ　（ヒデトシに）君、いい加減にしたまえ。この期に及んで、また罪を重ねるつもりか。
ヒデトシ　僕は諦めない。父さんみたいにうまくはできないけど、絶対に最後までやり通してみせる。
課長　今度はどこへ行くつもりだ。
ヒデトシ　言ったら、また追いかけてくるだろう？
課長　何度やっても同じだ。おまえにはるかさんは助けられない。
ヒデトシ　助けてみせる。
課長　無理だ。諦めろ。
ヒデトシ　いやだ。
課長　まだわからないのか。おまえがしていることは、ただのワガママだ。一人よがりなんだ。
ヒデトシ　それのどこがいけないんだ。
課長　何だと？
ヒデトシ　僕には、母さんがいなくなるなんて、考えられない。母さんが死んでも、この宇宙が変わりなく存在し続けるなんて、信じられない。母さんは宇宙より大切なんだ。
でも、人にはやっていいことといけないことがある。
先生　先生。
カシオ
先生　カシオくん、よく考えて。あなたがしてることを、お母さんは喜ぶと思う？

ヒデトシが走り去る。後を追って、カシオも走り去る。と、二人が去った方向から、閃光と爆風。先生・ヤマノウエ・ヌカダ・課長が倒れる。

そこへ、ヒデトシがやってくる。先生・ヤマノウエ・ヌカダ・課長が立ち上がる。ヒデトシの前を、次々と通りすぎる。スギエ・クリコ・アリマ・タカスギ・キド・オオトモ教授もやってきては通りすぎる。

そこへ、カシオがやってくる。

**カシオ** 待てよ、ヒデ。

**ヒデトシ** 僕は行く。もっと先の未来へ。

**カシオ** そこでも、母さんの病気が治せなかったら。

**ヒデトシ** もっともっと先の未来へ。何度でも。母さんを助けられるまで。

**カシオ** そんなことをして、母さんが喜ぶと思うか?

**ヒデトシ** 喜ぶに決まってるじゃないか。死なずに済んで、喜ばない人間がいるかよ。

**カシオ** そうじゃなくて、今、おまえがしてることをだ。歴史改変は重大な犯罪なんだぞ。

**ヒデトシ** 僕は歴史を良くしようとしてるだけだ。

**カシオ** 良くなるとは限らない。

**ヒデトシ** どうして。

**カシオ** 過去をほんの少し変えただけで、未来は大きく変わってしまう。死ぬはずだった人間が死なずに済んだら、かわりに別の人間が死ぬかもしれない。いや、それどころか、もっと大きな災害が起きる可能性もある。

**ヒデトシ** バカバカしい。災害なんか、起きるもんか。

**カシオ** そうかもしれない。でも、万に一つでも可能性があるなら、母さんは反対する。今のおまえを見たら、きっと止める。

**カシオ** そんなことはない。

**ヒデトシ** いや、絶対に止める。母さんは、自分さえ幸せになれればそれでいいなんて、考える人じゃなかった。

**カシオ** でも、今やめたら、母さんは死ぬんだ。

**ヒデトシ** それは仕方ないことなんだ。

**カシオ** 母さんはまだ三十九歳なんだぞ。そんなに早く死ぬなんて、ひどすぎるじゃないか。

**ヒデトシ** ひどい人生だって言うのか。

**カシオ** 普通の人の半分しか生きられないんだぞ。ひどいに決まってるじゃないか。

**ヒデトシ** 俺は、そうは思わない。母さんは幸せだったと思う。

**カシオ** 幸せだった？

**ヒデトシ** 証拠を見せてやるよ。マシンを貸してみろ。

**カシオ** どこへ行くんだ。

**ヒデトシ** （ヒデトシの手から機械を取って）二〇一九年。母さんが幸せだった時代だ。

カシオ・ヒデトシが去る。そこへ、課長がやってくる。カシオたちの後を追って、去る。

# 9

はるかが携帯電話を持ってやってくる。椅子に座る。

**はるか**　（歌う）「カシオピイア、もう水仙が咲き出すぞ、おまえのガラスの水車、きっきと回せ」

カシオ・ヒデトシがやってくる。

**ヒデトシ**　母さんだ。
**カシオ**　今日が何日か、わかるか？
**ヒデトシ**　たぶん、入院してすぐだと思うけど。
**カシオ**　三月五日の午後六時。おまえがタイムトラベルした、一時間後だ。
**ヒデトシ**　どうしてこんな所へ来たんだ。僕はもっと昔へ行くと思ってたのに。
**カシオ**　母さんが小学生の頃か？　それとも、父さんと結婚した直後か？
**ヒデトシ**　いつでもいい。病気になる前さ。
**カシオ**　母さんは死ぬまで幸せだった。病気になって、入院してからも。

ヒデトシ　もういいよ。帰ろう。

カシオ　そう言うな。せっかく来たんだから、もう少し見ていこう。

　　オオトモがやってくる。

はるか　柿本さん、こんな所にいると、風邪を引きますよ。

オオトモ　主人の電話を待ってるんです。（と携帯電話を示して）中で使うわけには行かないでしょう？

はるか　お家で何かあったんですか？

オオトモ　息子がいなくなったんです。社会科見学で時間局へ行って、そのまま。

はるか　友達とどこかへ遊びに行ったんでしょう。すぐに帰ってきますよ。

オオトモ　でも、最近、様子がおかしくて。

はるか　どんなふうに？

オオトモ　前はやんちゃ坊主だったのに、私が入院してからはすっかり大人しくなっちゃって。この前なんか、「僕、大人になったら、医者になる」って。

はるか　母親思いのいい子じゃないですか。

オオトモ　私はうれしくありません。カシオはまだ十二です。可能性は無限にある。自分の未来は自分のために選んでほしいんです。

はるか　なるほど。

はるか　でも、カシオが大人になる頃には、私はこの世にいないんですよね。
オオトモ　……柿本さん。
はるか　でも、カシオとは十二年も一緒に過ごすことができた。いっぱい思い出をもらいました。
オオトモ　時間はまだたっぷりある。これからだって、思い出は作れますよ。だから、あんまり心配しないで。
はるか　わかりました。

オオトモが去る。

カシオ　よし、行くぞ。
ヒデトシ　え？　未来の人間が、過去の人間に接触していいのかよ。
カシオ　おまえがそんなことを言える立場か。いいから、来い。

カシオとヒデトシがはるかに歩み寄る。

ヒデトシ　母さん。
はるか　カシオ。あなた、今までどこに行ってたの？
ヒデトシ　ごめん。
はるか　ごめんじゃわからないでしょう？　先生やお父さんがどれだけ心配したと思ってるのよ。

カシオ　カシオを許してやってください。もう十分、反省してますから。
はるか　あの、あなたは？
カシオ　カシオの友達です。あ、これ、良かったら。（とハンカチを差し出す）
はるか　すみません。でも、自分で持ってますから。（とポケットを探るが）いけない。病室に忘れてきちゃった。
カシオ　じゃ、ぜひ。
はるか　そうですか？　じゃ、お言葉に甘えて。（とハンカチを受け取り、目に当てて）……これ、後で洗って返しますから。
カシオ　いや、結構です。差し上げます。
はるか　そういうわけには行きません。
カシオ　じゃ、カシオに渡してください。後でカシオから受け取りますから。
はるか　失礼ですけど、お名前は？
カシオ　ナカタヒデトシです。
はるか　（笑って）それ、本名ですか？
カシオ　さあ、どうでしょう。
はるか　カシオ、お母さん、病室へ戻るからね。あなたは早くお家へ帰りなさい。
ヒデトシ　うん。

はるかが去る。

ヒデトシ　いいのかよ、あんなことして。
カシオ　ハンカチを貸しただけじゃないか。歴史改変にはならないよ。
ヒデトシ　僕もハンカチを持ってくれば良かった。
カシオ　先生に言われただろう？　ポケットにハンカチ。紳士のたしなみだって。
ヒデトシ　たしなみって、何？
カシオ　家に帰って、辞書を引け。
ヒデトシ　わかった。
カシオ　ヒデ、おまえに謝らなくちゃいけないことがある。
ヒデトシ　何？
カシオ　俺はおまえを利用してた。おまえが十六年前の俺と同じように行動すれば、必ずここに辿り着く。それがわかっていたから、おまえを助けたんだ。
ヒデトシ　ここにもう一度来たかったの？
カシオ　もう一度、母さんに会いたかった。会って、ハンカチを渡したかった。
ヒデトシ　わかるよ、その気持ち。
カシオ　よし。じゃ、おまえも十六年後に、またここへ来い。ハンカチを持って。
ヒデトシ　先生って、母さんに似てるね。
カシオ　当たり前だ。そっくりに作ったんだから。
ヒデトシ　作った？

カシオ　俺が勤めてる研究所は、ＨＡＬ。ハリマ・アンドロイド・ラボラトリー。俺の専門は、教師用アンドロイドの開発。先生は、今、開発中の、最新型の音楽教師なんだ。名前は、はるか先生。

ヒデトシ　はるか先生。

カシオ　母さんは三十九歳で死ぬかもしれない。でも、けっして不幸せじゃなかった。父さんと結婚して、俺たちを産んで。幸せだったと、俺は信じる。

ヒデトシ　そうかな。

カシオ　そうさ。

ヒデトシ　……そうかな。（と俯く）

カシオ　バカ。男のくせに、泣くな。（とヒデトシを叩く）

そこへ、課長がやってくる。

課長　こら、子供を苛めるな。

カシオ　苛めてませんよ。それに、こいつは俺なんだから、もし苛めたとしても、誰にも迷惑はかからないわけで。

課長　君に一つ忠告しておこう。そうやって屁理屈ばかり言ってると、一生結婚できないぞ。私のように。

カシオ　肝に銘じておきます。

課長　そうしたまえ。（ヒデトシに）マシンを返してもらおうか。
ヒデトシ　（課長に機械を差し出す）
課長　（受け取って）もういいんだな？
ヒデトシ　はい。
カシオ　サルマルさん、ありがとうございました。
課長　君に礼を言われる覚えはないが。
カシオ　あなたのおかげで、母に会うことができた。あなたがヒデを泳がせてくれたから。
課長　何のことだ。
カシオ　しらばっくれても、無駄ですよ。あなたには、ヒデをすぐに捕まえることができた。午後五時のちょっと前に来て、ヒデの到着を待っていれば。
ヒデトシ　あっ！
カシオ　（課長に）しかも、あなたはヒデがしたことを揉み消してくれる。元の時代に帰った後、マシンの記録を消去してくれる。
課長　随行課の課長がそんなことをすると思うか？
カシオ　思います。
ヒデトシ　でも、どうして？
課長　君が柿本光介の息子だからだ。どこまでできるか、見てみたかった。それだけのことさ。

## 10

アリマ・タカスギがやってくる。

**アリマ** 結局、私は最後まで悪役ってわけ？

**タカスギ** いや、ジャーナリストとしては、非常に立派だったと思いますよ。

**アリマ** 私だって、辛かったのよ。だって、相手は柿本さんの息子さんじゃない。三十年も憧れてきた人に、嫌われるかもしれなかったのよ。

**タカスギ** 憧れてたんですか、柿本さんに。それでいまだに独身なんですか？

**アリマ** うるさい！

反対側から、キドがやってくる。

**キド** 良かった。間に合った。

**タカスギ** 全然間に合ってませんよ。今までどこに行ってたんですか。

**キド** 病院の名前がわからなくて、この辺りの病院を片っ端から探し回ってたの。もうくたくた。

タカスギ　そのわりに、ご機嫌ですね。
キド　わかる？　私ね、子供の頃から好きだった人と、やっと話ができたの。何だか、恋が始まりそうな予感。
アリマ　私はただの気のせいだと思う。さあ、これから六本木で反省会よ。朝まで。

アリマ・タカスギ・キドが去る。
別の場所に、先生が望遠鏡を持ってやってくる。後から、ヒデトシがやってくる。

ヒデトシ　ただいま。
先生　お帰りなさい。無事だったのね？　良かった。カシオくんに、ずっとそばにいろって言われたのに、ついていけなかったじゃない？　だから、とっても心配だったの。
ヒデトシ　ずっとそばにいろって言われたの？
先生　そうよ。それが、私の勉強になるからって。
ヒデトシ　先生に頼みがあるんだ。
先生　私に？　何？
ヒデトシ　僕が汗を拭いたハンカチ、くれないかな？　やっぱり、洗って返そうかと思って。
先生　そんなの気にしなくていいのよ。
ヒデトシ　ほしいんだ、あのハンカチが。そのために、ここへ戻ってきたんだ。
先生　わかった。（とカシオにハンカチを差し出して）どうぞ。

ヒデトシ　（受け取って）ありがとう。先生の名前、はるかって言うんだろう？
先生　はるかじゃなくて、はるか先生。あなたのお母さんみたいな先生になれるといいんだけど。
ヒデトシ　なれるよ。もうなってるよ。
先生　そう。
ヒデトシ　でも、僕はなれなかった。ペルセウスに。
先生　なれるよ。もうなってるよ。

先生・ヒデトシが去る。
別の場所に、カシオ・スギエ・クリコがやってくる。

スギエ　カシオくんは？
カシオ　先生に挨拶に行った。姉さん、それ、何？
スギエ　お土産。ハンバーグと春巻と栗きんとんをお重に詰めたの。
クリコ　（カシオに）自分の手料理を、どうしても食べさせたんだって。
スギエ　十六年前より、大分腕が上がったからね。お母さんの味にかなり近づいたと思うのよ。
カシオ　残念だけど、タイムマシンは手荷物禁止だよ。
スギエ　え？　どうしてそれを先に言ってくれないの？

チャイムの音。

カシオ　何ですか、ヌカダさん？
ヌカダの声　五分だけって約束のはずですが。
カシオ　わかってますよ。今、行きますから。

そこへ、先生・ヒデトシがやってくる。

先生　お待たせしました。
カシオ　（ヒデトシに）ヌカダさんがお待ちかねだ。もう行った方がいい。

扉が開く。ヌカダ・課長が立っている。

スギエ　これ、お土産にと思って、用意したんだけど。
クリコ　（ヒデトシに）ポケットに入る分だけ、持っていけば？
先生　それがいいわ。どうせ空っぽなんでしょ？
ヒデトシ　いいえ、もういっぱいです。カシオペアの歌や、ペルセウスの話や、みんなにもらったたくさんの言葉で。
カシオ　諦めなよ、姉さん。
スギエ　でも、せっかく作ったのに。

ヒデトシ　（栗きんとんを指で掬って舐めて）うまい。これ、母さんが作るのと同じ味だ。
スギエ　それよ。その言葉が聞きたかったのよ。
先生　（ヒデトシに）それじゃ、さよなら。
クリコ　さよなら、お兄ちゃん。
スギエ　さよなら、カシオ。
ヒデトシ　さよなら。
カシオ　あ、一つ言い忘れてた。十六年前に戻ったら、姉さんとクリコを頼むぞ。おまえは男なんだから、二人をしっかり支えるんだ。
ヒデトシ　わかった。
カシオ　それから、父さんのことも頼む。父さんは母さんにベタボレだからな。母さんが亡くなった後、廃人みたいになるんだ。とにかく、最初の一年は、おまえが柿本家を支えないと。
ヒデトシ　一年？
カシオ　そうだ。一年経ったら、柿本家の冬は終わる。春をもたらしてくれる人がやってくるんだ。

カシオ・スギエ・クリコが空を見上げる。遠くに、おばあちゃんの姿が浮かび上がる。

カシオ　それから。
ヌカダ　一つって言っておいて、いくつ話すつもりです。
カシオ　最後にあと一つだけ。（ヒデトシに）北斗七星の七つの星の名前を覚えておけ。後できっと役に立つ。

**ヒデトシ**　ありがとう。

**課長**　さあ、カシオ。

**カシオ**　カシオ。

カシオが右手を差し出す。ヒデトシがその手を右手で握る。

〈幕〉

# クローズ・ユア・アイズ

CLOSE YOUR EYES

## 登場人物

香取武三（画家）
プロキオン（天使）
正岡寛治（武三の従兄・医師）
正岡由紀子（寛治の妻）
長塚仁太郎（武三の友人・作家）
長塚操（仁太郎の姉・教師）
長塚礼次郎（仁太郎の弟・軍人）
長塚謹吾（仁太郎の父・学者）
長塚米子（仁太郎の母）
森山典彦（仁太郎の友人・実業家）
森山翠子（典彦の妻）
島木茜（操の教え子・学生）
太田瑞恵（操の教え子・学生）
石原琴江（礼次郎の婚約者）
芥川龍之介（武三の友人・作家）
シリウス（天使）
香取はつ（武三の母）
会津鉄雄（船医）
伊藤雅美（幸代の妹）
古泉八重（幸代の友人）

# 1

二十人の天使が立っている。じっとこちらを見ている。やがて、天使たちがゆっくりと動き出す。ある者は見えない相手に語りかける。ある者は見えない相手の手を握る。ある者は見えない相手を抱きしめる。そして、見えない相手とともに去っていく。しかし、一人だけが残る。彼の名前はプロキオン。ポケットから手帳を取り出し、またこちらを見る。

**プロキオン**　香取武三についてご報告します。詳細は報告書に書いた通りですが、若干付け加えたいことがあるので。いや、別に弁解するつもりはありません。私は私だけの判断で行動しました。それについては、いくらでもお詫びします。しかし、私には他に方法がなかった。そのことだけは、ぜひともご理解いただきたい。香取武三の場合は、すべてが特殊だった。この仕事に就いて三百年以上になりますが、香取武三のような死者は唯一無二。私には、まるで奇跡のように感じられたのです。いや、今の言葉は取り消します。が、それほど特殊であったことは、私の話をお聞きになれば納得できるはず。なるべくゆっくりお話ししましょう。香取武三が死んだのは、十二月二十二日の午前六時三分。場所は、マルセイユ発・横浜行の旅客船・北辰丸の三等船室でした。

香取武三がベッドで寝ている。会津鉄男が武三の脈を計っている。鉄男は白衣を着ている。その回りに、長塚仁太郎・森山典彦・森山翠子が立っている。

**仁太郎** 先生、どうですか?

**鉄男** よくない。こうなる前に、なぜ知らせてくれなかったんです。

**仁太郎** 本人が大丈夫だって言い張るんで。

**典彦** (鉄男に)マラリアですか?

**鉄男** いや、おそらく流行性感冒でしょう。上海あたりで、誰かが船に持ち込んだんだ。実は、他にも三人ほど、似たような症状の患者がいるんです。

**翠子** (仁太郎に)明日、横浜に着いたら、斉藤病院へ行きましょう。とても大きな病院でね、典彦さんのお父様のお友達が院長をなさってるの。

**鉄男** それまでもてばいいが。

**翠子** え?

**鉄男** 失礼ですが、あなたはこの方のご友人ですか?

**翠子** ええ。でも、まだ知り合ったばかりなんですよ。私と主人は、香港から乗船したんで。

**仁太郎** (鉄男に)僕はこいつの親友です。マルセイユから、一緒に乗ったんです。

**鉄男** 率直に言って、非常に危険な状態です。肺炎を併発していて、しかもかなり悪化している。おそらく今夜がヤマでしょう。

仁太郎　そんなバカな。あと少しで着くっていうのに。
典彦　（鉄男に）何とかならないんですか？
鉄男　私もできるだけの手は打ちました。後は、運を天に任せるしかない。容態が変わったら、すぐに知らせてください。（と行こうとする）
仁太郎　こいつを見捨てるつもりですか？
鉄男　患者は他にもいるんだ。この人みたいに手遅れになる前に、何とかしないと。

鉄男が去る。

仁太郎　手遅れだと？　医者のくせに、ふざけるな。
典彦　しかし、寝込んだ時に、すぐに診てもらっていれば。
仁太郎　こいつが寝込んだのは、今度が初めてじゃないんです。
翠子　じゃ、私たちが乗る前にも？
仁太郎　俺たち、二人とも金がなくて、この船に乗るためにかなり無理して働いたんです。俺は生まれつき丈夫だったたから何とかもったけど、こいつは。
典彦　ということは、マルセイユを発つ前から？
仁太郎　いや、パリを発つ前からです。すっかり体調を崩して、歩くのがやっとという状態でした。この船に乗ってからも、寝たり起きたりの生活だったんです。
翠子　それで、今度は肺炎か。神様もずいぶん残酷なことをなさるわね。

**典彦**　（仁太郎に）あなた、昨日や一昨日も寝てないんでしょう？　少し横になったらどうです。

**仁太郎**　僕のことなら心配いらない。お二人こそ、休んでください。

**翠子**　でも。

**仁太郎**　三人いても、することがない。何かあったら、すぐに呼びにいきますから。

**典彦**　わかりました。翠子。

典彦・翠子が去る。

**仁太郎**　武三、しっかりしろ。ここまで来て、死んでどうする。あと一晩で横浜なんだぞ。何のためにここまで来たんだ。何のために、死に物狂いで旅費を稼いだんだ。日本へ帰るためだろう。幸代さんに会うためだろう。それなのに、日本に着く前に死んでどうする。武三。武三。クソー。

仁太郎が椅子に座る。

**プロキオン**　長塚仁太郎は、香取武三の寝顔に向かって、何度も呼びかけました。が、香取武三は目を覚まさなかった。長塚仁太郎は汗を拭いたり、タオルを替えたり、熱心に看病しました。が、やはり疲れが溜まっていたのか、明け方、つい居眠りをしてしまった。香取武三が息を引き取ったのは、その数分後でした。香取武三の胸に、私はゆっくりと手を伸ばしました。ところが。

武三が目を開ける。ベッドから起き上がり、船室から出ていく。

**プロキオン**　一体何が起きたのか、すぐには理解できませんでした。香取武三の心臓は確かに停止した。だから、手を伸ばしたんです。それなのに、香取武三は目を開けた。二度と開かないはずの目を。私は急いで香取武三の後を追いました。香取武三は階段を昇り、甲板に出ました。私はそっと近づきました。私の声が聞こえれば、香取武三は死んでいる。

武三が手すりにつかまり、遠くを見る。プロキオンが歩み寄る。

**プロキオン**　何を見ているんです。

**武三**　空を。ほら、もうすぐ太陽が上ってきますよ。

**プロキオン**　間違いない。香取武三は死んでいる。

**武三**　あっちに陸地が見える。大きな島だ。

**プロキオン**　あれは房総半島ですよ。

**武三**　房総？　ということは、もう日本に着いたのか。いや、失敬。実は、しばらく病気で臥せっていたもので、今日が何日かも知らないのですよ。

**プロキオン**　今日は一九二三年の十二月二十二日。あなたの命日です。

**武三**　命日？

**プロキオン**　落ち着いて、話を聞いてください。あなたは今から十分ほど前に、肺炎で亡くなったんです。

**武三**　僕が？　しかし、僕は見ての通り、ピンピンしていますよ。

**プロキオン**　そんなはずはない。試しに、胸を触ってみてください。

**武三**　どうして。

**プロキオン**　いいから、左の胸を。どうです。心臓の鼓動を感じますか？

**武三**　（左胸を触って）いいえ。何も。

**プロキオン**　それは、あなたの心臓が止まっているからです。

**武三**　いや、単に服の上から触ってるからでしょう。直接、肌を触れば。

**プロキオン**　そんなことをしても無駄ですよ。さあ、行きましょう。

**武三**　ちょっと待って。あなた、一体誰です。

**プロキオン**　私はプロキオン。あなたを迎えに来た者です。

**武三**　僕を迎えに？　日本からですか？

**プロキオン**　クローズ・ユア・アイズ。

**武三**　クローズ・ユア・アイズ？

**プロキオン**　私と一緒に行きましょう。クローズ・ユア・アイズ。

そこへ、典彦がやってくる。

典彦　こんな所にいたのか。翠子！　翠子！

そこへ、翠子・仁太郎がやってくる。

翠子　武三さん、起きたりして大丈夫なの？
仁太郎　（武三に）おまえ、熱は下がったのか。
武三　ああ。もう何ともない。
仁太郎　（武三の額に触って）うん。確かに下がってる。
典彦　しかし、いきなり潮風に吹かれたら、またぶり返すかもしれない。早く部屋へ戻りましょう。
武三　僕はもう少しここにいたい。久しぶりに外に出たせいか、気分がいいんです。
翠子　どうやら、本当に治ったみたいね。たったの一晩で、信じられない。
仁太郎　何が手遅れだ、あの藪医者め。（と泣く）
翠子　どうしたの、仁太郎さん。
武三　（仁太郎に）おまえ、泣いてるのか。
仁太郎　あの藪医者が脅かしやがるから、ナニクソ、俺が必ず助けてやるって誓ったんだ。それなのに、いつの間にか眠っちまって。気づいたら、姿がどこにもないから。
典彦　（武三に）どこかに倒れてるんじゃないかって、三人で走り回ったんですよ。

翠子　仁太郎さんたら、俺のせいだ、俺のせいだってうわごとみたいに言って。
武三　済まなかったな、仁太郎。そんなこととは知らなかったから、おまえを起こさないように、そうっと外へ出たんだ。
仁太郎　よかったな、武三。死ななくて。
武三　ああ。見ろよ、仁太郎。
仁太郎　ん？
翠子　あら、あれ、陸地じゃない？
武三　房総半島だそうです。さっき、その人が教えてくれたんですよ。
典彦　その人って？
武三　だから、その人ですよ。
翠子　イヤね。誰もいないじゃない。あ、日の出。
典彦　あと二、三時間で横浜だ。そろそろ支度をしないと。
仁太郎　武三、俺たちも急いで荷物をまとめよう。

典彦・翠子・仁太郎が去る。武三がプロキオンを見る。服の中に手を入れ、胸を触る。

プロキオン　どうです。鼓動を感じないでしょう。
武三　しかし、俺は生きている。

仁太郎が戻ってくる。

**仁太郎**　武三、早くしろ。

**武三**　ああ。

仁太郎・武三が去る。

## 2

プロキオンが手帳を開く。

**プロキオン**　午前九時、北辰丸は横浜港に停泊しました。マルセイユから四十日かかって、ついに日本に到着したのです。香取武三は直ちに下船。一年ぶりに、日本の大地を踏みました。と言っても、埠頭のコンクリートでしたが。埠頭には出迎えの人たちがたくさん来ていました。その中には、香取武三の従兄もいるはずでした。

武三・仁太郎・典彦・翠子がやってくる。それぞれ、鞄やトランクを持っている。武三は、別に布で包んだキャンバスを持っている。

**翠子**　短い間だったけど、楽しかったわ。
**武三**　こちらこそ、いろいろお世話になっちゃって。
**典彦**　体の方は本当に大丈夫なんですか？
**武三**　ええ、もうすっかり。

典彦　しかし、念のために病院へ行った方がいい。僕の車で送りますよ。すぐそこのホテルに預けてあるんです。

武三　本当にご心配なく。僕の従兄が迎えに来ているはずなんですが、彼は四谷で開業医をやっているんですよ。

そこへ、正岡寛治・正岡由紀子がやってくる。

寛治　武三。よく帰ってきたな。

武三　お久しぶりです。（典彦に）この人が今お話しした従兄です。

翠子　それなら、安心ね。私たち、もう行くわ。よかったら、家に遊びに来て。住所は仁太郎さんに教えておいたから。

武三　必ず行きますよ。なあ、仁太郎。

仁太郎　ああ。（典彦・翠子に）それじゃ、また。

典彦・翠子が去る。

寛治　友達か？

武三　船の中で知り合ったんです。森山何とかって貿易会社の二代目だそうです。

寛治　森山って、あの森山商会か？　そいつはとんでもない大富豪だぞ。

由紀子　武三さん、お帰りなさい。

武三　一年ぶりですね、由紀子さん。その様子だと、子供はまだのようですね。

寛治　努力はしてるんだがな。

由紀子　(武三に) あなたの部屋、出ていった時のままにしてあるわよ。

武三　本当ですか？　じゃ、またご厄介になっていいんですね？

寛治　初めからそのつもりだったんだろうが。で、そちらの方は？

武三　こいつは長塚仁太郎です。前に手紙に書きましたよね。

由紀子　(仁太郎に) ああ、あなたが。武三がいろいろお世話になりました。

武三　(寛治に) それで、幸代さんの行方は？

寛治　その話は家に着いてからにしよう。

武三　まだわからないんですか？　もう四カ月近く経つのに。

由紀子　他にも行方のわからない人はいっぱいいるの。新聞には、四万人て書いてあったわ。

寛治　(武三に) 行方不明が四万人、死者が九万人だ。帝都の東半分は、ただの焼け野原になった。

由紀子　(武三に) この横浜も、震災直後は全滅って言われてたのよ。

武三　そんなにひどかったんですか。今度の震災は。

そこへ、長塚礼次郎がやってくる。軍服を着ている。

礼次郎　お兄さん。お帰りなさい。
仁太郎　おまえ、何だ、その恰好は。
礼次郎　仕事を途中で抜け出してきたんだよ。荷物はそれだけかい？
仁太郎　（武三・寛治・由紀子に）弟の礼次郎です。（礼次郎に）迎えはおまえ一人か。
礼次郎　お母さんは一緒に行くって言ったんだけど、お父さんに止められて。
仁太郎　親父のヤツ、やっぱり怒ってるのか。
礼次郎　当たり前じゃないか。長男のくせに、好き勝手なことばかりしてるから。
仁太郎　うるさい、うるさい。弟の分際で、兄に説教するつもりか。

と、仁太郎が礼次郎に倒れかかる。

礼次郎　お兄さん！
武三　どうしたんだ、礼次郎。
寛治　気を失ってるな。（仁太郎の額に触って）熱はない。
武三　こいつ、ここ三日ぐらい、寝てないんです。
由紀子　診察道具は持ってきてないのよね。この近くに病院はないかしら。
礼次郎　とりあえず、車に運びます。
寛治　車とは豪勢だな。いっそのこと、うちまで行ってくれないか。四谷なんだが。
礼次郎　失礼ですが、あなたは？

武三　この人は開業医で、僕の従兄の正岡寛治です。そういう僕は画家で。
由紀子　詳しい話は車に乗ってからよ。さあ。

礼次郎が仁太郎を背負い、去る。武三・寛治・由紀子も去る。

プロキオン　長塚礼次郎の車は海軍省が所有するアメリカ製の高級車でした。四谷に着くまでの間、香取武三は窓から外を見ていました。崩れたままのビル、焼けたままの家屋。四カ月経っても、震災の傷跡はそこかしこに残っていました。手紙や新聞で読んではいたものの、まさかここまでひどいとは。たくさんの人が亡くなったことが、初めて実感できたのでした。

武三・寛治がやってくる。寛治は白衣を着ている。

寛治　よかったな、ただの過労で。
武三　僕の病気が移ったんじゃないかって、ヒヤヒヤしましたよ。あいつは命の恩人だから。
寛治　その話なんだが、船の中で肺炎になったと言ったな?
武三　僕は覚えてないんですが、昨夜は医者にまで見放されたって。
寛治　それが、一晩寝たらケロリか。
武三　ええ。今朝起きたら、完全に治ってました。

寛治　そのわりに、顔色はよくないな。ちょっと舌を出してみろ。
武三　僕まで診察するつもりですか？　遠慮しておきますよ。
寛治　いいから、舌を出せって。（と武三の手をつかみ）あれ。
武三　どうしました？
寛治　手がやけに冷たいな。おまえ、平熱は何度だ。
武三　さあ、知りません。
寛治　自分の平熱ぐらい覚えておけ。（と武三の手首を押さえ）おや。
武三　今度は何です。
寛治　おかしいな。脈がない。
武三　そんなバカな。
寛治　胸を開けてみろ。
武三　え、いいですよ。
寛治　つべこべ言わずに胸を開けろ。早く。
武三　怒鳴ることないでしょう。（とシャツのボタンを外し、胸を出す）
寛治　（武三の胸に聴診器を当てる）
武三　寛治さん。実は、今朝、船でおかしな人に会いましてね。
寛治　うるさい。口をきくな。（と武三の目を片方ずつ見る）
武三　え？　どうして目を見るんですか？
寛治　クソー。一体どういうことだ。

武三　寛治さん。僕は一体。

寛治　心音が全く聞こえない。瞳孔も完全に散大していて、微弱だが角膜に混濁が認められる。おまけに、下腹部に死斑まで出ている。

武三　死斑て？

寛治　死体の皮膚に現れる、赤紫の斑点だ。いいか、武三。おまえの体は、どこからどう見ても、死体なんだ。おまえは死人なんだ。

プロキオンが武三に歩み寄る。

プロキオン　どうです。私の言った通りでしょう。

武三　こんなところで何をしている。人の家に勝手に入ってくるな。

寛治　どうした、武三。

プロキオン　（武三に）私はあなたを迎えに来た。あなたから離れるわけにはいかないんです。

武三　寛治さんには見えないんですか、こいつが。

寛治　こいつって？

プロキオン　正岡寛治の言う通り、あなたの体はすでに死んでいる。死んだ魂は、すぐに体から出るのが決まりです。さあ、私と一緒に行きましょう。

武三　行くって、どこへ。

プロキオン　天へ。

武三　（笑う）

寛治　何だよ、いきなり笑い出して。

武三　寛治さん、僕は頭がおかしくなったらしい。たぶん、昨夜、熱が上がり過ぎたのがいけなかったんだ。

寛治　おまえ、さっきから誰と話をしてるんだ？

武三　天使ですよ。僕を迎えに来たんだそうです。

プロキオン　私が冗談を言ってると思ってるんですか？

武三　寛治さん、正直に言ってください。あなたには、本当にこいつが見えないんですか？

寛治　天使か？　背中に羽を生やした、素っ裸の子供が、この辺を飛んでるのか？

プロキオン　クローズ・ユア・アイズ。

武三　またその科白か。俺が目をつぶったら、どうするつもりだ。

プロキオン　あなたの魂を体から抜き取る。クローズ・ユア・アイズ。

武三　断る。

プロキオン　なぜです。あなたはもう死んでいる。このまま体の中にいても、生きることはできない。

武三　俺にはまだやらなければならないことが残ってる。

プロキオン　やらなければならないこと？

武三　俺が日本へ帰ってきたのは、人を探すためだ。その人は、九月の震災で、行方知れずになった。その人を見つけ出すまでは、死ぬわけにはいかない。

プロキオン　わからないヤツだな。おまえはもう死んでるんだ。つべこべ言わずに、瞳を閉じろ。

武三　消えろ。俺の目の前から。
プロキオン　何だと？

そこへ、由紀子・仁太郎・礼次郎がやってくる。

由紀子　どうしたの、大きな声を出して。
寛治　いや、話せば長くなるんだが。
武三　寛治さん。今の話は内密に願います。それから、俺の体のことも。
仁太郎　まだ具合がよくないのか？　今日は一日、寝ていたらどうだ。
武三　おまえの方こそ、起きても大丈夫なのか。
仁太郎　ああ。一眠りしたら、気分がすっきりした。だから、そろそろお暇する。
武三　じゃ、俺も一緒に出る。
寛治　武三、今日は外出はやめた方がいい。もう少し詳しく検査した方が。
武三　その必要はありません。やっと日本に帰ってきたんだ。すぐにでも行動を開始したい。とりあえず、幸代さんの家に行ってみます。
由紀子　家はもうないのよ。私たちも行ってみたけど、両国の辺りは一面の焼け野原だった。
武三　それでも行ってみます。とにかく、自分の目で確かめないと。
礼次郎　よかったら、お送りしましょうか？
仁太郎　それがいい。（武三に）車の方が何かと便利だ。一緒に乗っていけ。

**武三**　（礼次郎に）それじゃ、お言葉に甘えて。

武三・仁太郎・礼次郎が去る。寛治・由紀子も去る。

## 3

プロキオンが手帳を開く。

**プロキオン**　この仕事に就いて三百年以上になりますが、「消えろ」と言われたのは初めて。あまりの悔しさに、頬っぺたを引っぱたいてやろうか思いました。いや、もちろん、思っただけです。暴力なんて、とんでもない。香取武三は、長塚礼次郎の運転する車で、小石川へ向かいました。長塚仁太郎が「うちに寄っていけ」としつこく勧めたので。

プロキオンが去る。瑞穂・シリウスがやってくる。瑞穂が布巾で卓袱台を拭き始める。後から、操がやってくる。

**操**　太田さん、島木さんは？
**瑞穂**　御不浄です。何だか緊張しちゃってるみたいで。
**操**　どうして？　相手は私の弟よ。怖がることは何もないのよ。
**瑞穂**　私もそう言ったんですけど、島木さん、人見知りだから。

**操** 十八にもなって、だらしがない。そんな人がどうして教師になろうと思ったのかしら。

**瑞穂** 相手が子供なら平気なんですよ。あの人、弟や妹がたくさんいるから。

そこへ、茜がやってくる。

**茜** すいません、ちょっと片づけをしていたもので。

**操** そう。ちゃんと手は洗ってきた？

**茜** はい。え？（瑞穂に）言ったわね？

**瑞穂** 言ってないわ。朝から一時間おきだなんて。

**操** 二人とも落ち着きなさい。仁太郎の前では、今のような言動は慎むこと。とは言っても、みだりにしゃっちょこばる必要はありません。教師を目指す女性として、堂々と振る舞ってください。基本はとろけるような笑顔。

**瑞穂** とろけるような笑顔？

**茜** 仁太郎はそういう笑顔に弱いんです。ほら、来たわ。

米子・武三がやってくる。

**茜・瑞穂** 仁太郎様、お帰りなさいませ。

**米子** おやおや、二人揃って大きな声で。

瑞穂　（武三に）どうぞ、こちらにおかけください。（と微笑む）
茜　（武三に）お飲み物はいかがですか？　コーヒー、紅茶、日本茶、どれに致しましょう。（と微笑む）
操　二人とも待ちなさい。
茜　でも、長旅でお疲れでしょうから、まずはお飲み物を。（と微笑む）。
操　いいから、待って。（武三に）失礼ですが、どちらさまでしょう？
米子　この方は、仁太郎のお友達で、香取武三さん。仁太郎と一緒に、パリから帰っていらっしゃったんですよ。
瑞穂　（武三に）失礼致しました。私ったら、てっきり。
米子　でも、お飲み物をお勧めしたのは間違いではなくてよ。香取さん、何になさいます？
武三　いいや、お構いなく。ちょっと寄らしてもらっただけですから。

そこへ、仁太郎がやってくる。

仁太郎　そう言わずに、茶ぐらい飲んでいけ。
武三　あれ、礼次郎君は？
仁太郎　仕事に戻った。あんまり遅くなると、上官殿に叱られるからな。
武三　そんな。両国まで送ってもらうはずだったのに。
仁太郎　文句を言うな。両国なら、歩いていっても、一時間で着く。お母さん、番茶の熱いのをく

茜　ださい。パリではカフェ・オ・レばかりで、飽き飽きしていたんです。
番茶ですね。すぐにお持ち致します。（と微笑む）

茜・瑞穂が去る。

仁太郎　元気のいい子たちだな。姉さんの教え子かい？
操　そうよ。二人とも成績優秀。卒業したら、立派な教師になると思うわ。
仁太郎　そういう姉さんは、立派な教師になれたのかい？
米子　もちろんですよ。だから、今度は立派なお嫁さんになってほしいんだけど。
操　お母様、その話はやめて。
仁太郎　え？　姉さん、まだいい人がいないの？　今年で三十だろう？
操　せっかく優しく迎えてあげようと思ったのに、ただいまも言わないで、その科白？
米子　まあまあ。（武三に）すいませんね。いくつになっても、子供みたいで。
武三　じゃ、僕はこの辺で。
仁太郎　いいから、茶を飲んでからにしろ。お母さん、こいつとは一年前にパリのホテルで知り合ってね。ロンドンからパリへ移ったその日さ。聞いてみたら、こいつもその日にパリに着いたらしい。で、二人でアパルトマンを探して、一緒に住むことにしたわけさ。
米子　そうなの。ろくに手紙を寄越さないから、心配していたのよ。
操　（武三に）こんな男と暮らすのは、さぞかし大変だったでしょう？

武三　いや、仁太郎君には本当にお世話になりました。僕一人だったら、すぐに飢え死にしていたはずです。
仁太郎　それはお互い様だ。（操たちに）実際、俺も武三も金がなくて、一つのパンを二人で分け合ったりした。あの時は本当に辛かったな。
操　そのわりに、楽しそうに話すじゃない。
米子　やりたいことをやっていれば、ひもじさも苦にならないんでしょう。

そこへ、茜・瑞穂が戻ってくる。茜は菓子を載せたお盆を、瑞穂は湯飲みを載せたお盆を持っている。
操・茜・瑞穂が湯飲みを配り始める。

仁太郎　こいつはこう見えても、画家でね。パリへ行く前から、それなりに名が通っていたんだ。俺は全く知らなかったけど。
操　（武三に）パリへは絵を描きに？
武三　それもありますが、もう一度、一から勉強し直したいと思いまして。アカデミー・ド・ラ・グランド・ショーミエールに通いました。
瑞穂　（武三に前に湯飲みを置こうとして）は？
武三　あ、アカデミー・ド・ラ・グランド・ショーミエールというのは、美術学校の名前です。（シリウスを示して）あの、こちらの方には？
シリウス　え？

瑞穂　（武三に）あの、こちらの方って？
武三　だから、こちらのご婦人ですよ。一人だけ配らないなんて、失礼でしょう。
仁太郎　（笑って、操たちに）こいつはまじめな男でね。だから、たまに言う冗談が少しもおもしろくない。
武三　俺がいつ冗談を言った。
仁太郎　（操たちに）しかし、俺は尊敬してるんだ。学校が引けてからも、ルーブルへ行ったり、街でスケッチしたり。日本にいれば、先生って呼ばれるご身分なのに。
武三　大袈裟なことを言うなよ。俺はまだまだ半人前だ。
仁太郎　謙遜するのはよせ。姉さん、芥川龍之介は知ってるかい？
操　知らないわけないでしょう。私は国語の教師よ。
仁太郎　武三は芥川龍之介の親友なんだ。
茜　本当ですか？
武三　仁太郎、頼むから大法螺を吹くのはやめてくれ。（操に）田端のお宅に何度か、お邪魔しただけですよ。向こうは売れっ子の作家だ。親友だなんて、あまりにおこがましい。
茜　でも、お会いになったことはあるんですね？
瑞穂　島木さん。横から口を挟むのはやめたら？
武三　仁太郎、俺、やっぱり行くよ。
仁太郎　待て、待て。まだ親父に会ってないじゃないか。お母さん、お父さんは？
米子　書斎で書き物じゃないかしら。呼んでくるわね。

瑞穂　私が行きます。
茜　私も。
米子　いいわよ。あなたたちは、仁太郎の土産話をたっぷり聞かせてもらいなさい。

米子が去る。

仁太郎　パリの話だったら、いくらでもしてやるぞ。なあ、武三。
茜　私はそれよりも、芥川龍之介の話を。
仁太郎　そう言えば、君たち、今日は何しに来たんだい。姉さんの仕事の手伝いかい？
操　違うのよ、仁太郎。この子たちは、ここに住んでいるの。
仁太郎　え？　どうして？
操　この子たちの家は震災で焼けてしまったの。太田さんの家族は、お父様の田舎の福島へ引っ越した。島木さんの家族は山梨。でも、この子たちには学校があるから。
仁太郎　それで、姉さんが引き取ったってことか。やっぱり、お母さんの言った通りだ。姉さんは立派な教師だよ。
操　じゃ、この子たちはここにいていいのね？
仁太郎　当たり前じゃないか。（茜・瑞穂に）寮に戻れるまでは、ここを我が家だと思ってくれ。
茜・瑞穂　ありがとうございます。
仁太郎　ちょっと待てよ。（操に）この子たち、どの部屋を使ってるんだ？

操　あなたの部屋よ。だって、今日まで三年も空き部屋だったんだもの。
仁太郎　しかし、今日からは空き部屋じゃなくなるぞ。
操　ああ、あなたは礼次郎の部屋を使って。いい年して、兄弟喧嘩なんかするんじゃないわよ。
仁太郎　姉さん、もう一度、一から話をしよう。

そこへ、謹吾・米子がやってくる。

操　あら、お父様、遅かったですね。
仁太郎　（謹吾に）お父さん、ただいま帰りました。こいつは僕の親友で、香取武三。新進気鋭の洋画家です。
武三　（謹吾に）初めまして。香取です。
仁太郎　（謹吾に）こいつとはパリで知り合いましてね。いろいろ世話になったんです。
謹吾　おまえはロンドンに留学した。そうじゃなかったか。
仁太郎　ええ、そうです。しかし。
米子　二人とも、立ってないで、腰を下ろしたら？
謹吾　（仁太郎に）なぜ勝手に大学を辞めて、パリへ行った。
仁太郎　自分は学者に向いてないと思ったからです。
謹吾　それは、おまえがまじめに学ばなかったからだろう。
仁太郎　そんなことはありません。死に物狂いで勉強しました。

謹吾　おまえの監督を頼んだ、ミスター・ジョージ・セールは手紙にこう書いてきた。ジンタロウ・ナガツカは大学に顔を出さず、部屋で本ばかり読んでいると。

仁太郎　ロンドンに行かせてもらったことは本当に感謝しています。しかし、行ってわかったんです。お父さん、僕はお父さんのようにはなれない。法律の研究で一生を終えるなんて、僕にはできません。

謹吾　だったら、一体何になるつもりだ。

仁太郎　僕は作家になりたい。

謹吾　作家だと？

仁太郎　パリへ行ったのは、小説の勉強をするためです。

謹吾　出ていけ。

米子　あなた。

操　お父様、この話はまた後にしましょう。ここには、島木さんや太田さんもいるし。

謹吾　おまえは黙っていろ。（仁太郎に）長男のくせに、パリで一年も遊び暮らして、その挙げ句に作家だと？　おまえは死ぬまで遊び続けるつもりか。

仁太郎　小説は遊びじゃない。立派な芸術です。

謹吾　おまえの顔は二度と見たくない。出ていけ。

仁太郎　勘当するっていうんですか？

謹吾　そうだ。勘当だ。

仁太郎　上等じゃないですか。三年ぶりに帰ってきたのに、迎えにも来ない。お帰りの一言も言わない。おまけに、俺の部屋までなくなってる。こんな家、二度と帰ってやるもんか。

武三　仁太郎。

仁太郎・武三が去る。

# 4

プロキオンがやってくる。手帳を開く。

**プロキオン**　香取武三は、玄関を出た所で、長塚仁太郎に追いつきました。中に戻るように説得しましたが、長塚仁太郎は麻布へ行くと言って聞きません。「勝手にしろ」と言って立ち去ろうとすると、「おまえも一緒に来てくれ、頼む」。さすがの香取武三も怒鳴りつけてやりたくなりましたが、長塚仁太郎には恩がある。仕方なく、市電の停車場へと向かったのでした。

翠子・仁太郎・武三がやってくる。

**仁太郎**　いきなりお邪魔して申し訳ない。いつでも遊びに来てという言葉に、つい甘えてしまいました。

**翠子**　あら、それはいいのよ。来てくださってうれしいわ。お別れしてから、まだ五時間しか経ってないから、ちょっとびっくりしたけど。

武三　両国に行くはずが、今度は麻布だ。
仁太郎　（翠子に）甘えついでに、一つお願いがあるんですが。
翠子　何？　私にできることなら、何でもするわよ。
仁太郎　実は、ついさっき、親父に勘当されましてね。今晩、寝るところがないんです。もしよかったら、こちらのお屋敷に泊めていただけませんか。
翠子　それは構わないけど、どうして勘当なんか。
仁太郎　作家になりたいと言ったら、いきなり出ていけです。法律の学者のくせに、デモクラシーというものがまるでわかってない。

そこへ、典彦がやってくる。

典彦　やあ、いらっしゃい。
翠子　典彦さん、こちらのお二人が今晩、うちにお泊まりになるって。
武三　いや、僕は泊まりません。仁太郎だけです。
翠子　そうなの？　でも、せっかくいらしたんだから、今夜のパーティーには出てくださいな。
仁太郎　パーティーって？
典彦　父が、僕らの帰国をお祝いしてくれるそうで。ざっと二百人は集まるでしょうから、一人や二人増えても、どうってことありません。
武三　せっかくですが、僕はこれから両国へ行かなければならないんです。帰りが何時になるか

翠子　わからないので、残念ですが。
仁太郎　両国へは何をしに？
翠子　船で話をしたでしょう。こいつの恋人の家が両国なんですよ。
武三　ああ。（武三に）その人を探しにいくのね？
翠子　あの辺りは一面の焼け野原になったそうです。しかし、何か手がかりがあるかもしれないので。
武三　わかった。私も行くわ。
翠子　え？　どうして？
典彦　あなたのお手伝いがしたいのよ。いいでしょう、典彦さん？
僕の車で行くといい。ただし、パーティーが始まるまでに、必ず戻ってくること。それから、乱暴な運転はしないこと。

翠子・武三・仁太郎が去る。反対側へ、典彦が去る。

プロキオン　香取武三は、森山翠子の運転する車で、両国へ向かいました。両国は、もはや焼け野原ではありませんでしたが、バラックが立ち並び、一年前の面影はどこにもありませんでした。香取武三は、伊藤幸代の家があった辺りを歩き回り、行方を知っている人を探しました。しかし、一人も見つからない。日が暮れ始めて、今日はもう諦めようと思った時。

武三・八重がやってくる。

八重　幸代ちゃんとは、小学校で同級でした。私は上の学校に進まなかったんで、それっきりになっちゃったけど。

武三　それで、彼女は今、どこにいるんでしょう。

八重　この辺りの人はみんな、横網町の被服廠跡に避難したんですよ。

武三　被服廠跡？

八重　ご存じないんですか？　あそこはばかっ広い空き地だから、三万八千人だったかな、とにかく、たくさんの人が逃げ込んだんですよ。そこへ、つむじ風が吹いて、火の海になって。みんな亡くなったんです。

武三　三万八千人がいっぺんに？

八重　私の母も、そこで死んだんです。体は見つからなかったけど。

武三　じゃ、亡くなったかどうかはわからないじゃないですか。

八重　でも、いまだに帰ってきませんからね。近所の人たちもみんなあそこへ逃げ込んだみたいだし、そうとしか考えられないんですよ。

武三　じゃ、幸代さんも。

八重　私と父は、もう勤めに出ていたんで、ここにはいなかった。だから、助かったんです。幸代ちゃんもそうだといいけど。

武三　でも、彼女もご家族も、戻ってきてはいないんですよね？

八重　ええ。

武三　ありがとうございました。

八重が去る。プロキオンが武三に歩み寄る。

プロキオン　これで満足しましたか。

武三　何が満足だ。まだ何もわかっちゃいない。

プロキオン　あなたの気持ちはわかります。しかし、震災があったのは、四カ月も前だ。それなのに、いまだに戻ってこないということは。

武三　彼女は銀座の画廊に勤めていた。そこで震災に遭って、近くの病院に入院しているのかもしれない。

プロキオン　四カ月も？　一体、どんな怪我です。

武三　仁太郎の家にいた女学生たちのように、家を焼かれて、田舎に引っ越したのかもしれない。

プロキオン　伊藤幸代の田舎はどこです。

武三　わからない。話はしたような気がするが、どこだったか覚えてない。

プロキオン　とすれば、あなたにはもう打つ手がない。男らしく諦めなさい。

武三　黙れ。人間でもないおまえに何がわかる。男らしいとは、諦めないということだ。

武三が転ぶ。そこへ、仁太郎・翠子が走ってくる。

仁太郎　どうした、武三。

武三　急に足が動かなくなった。（翠子に）申し訳ありませんが、従兄弟の家に連れていってくれませんか。

翠子　（武三の腕を取り）手も固くなってる。まるで鎧でも着てるみたい。

仁太郎が武三を背負い、去る。翠子も去る。

プロキオン　今度は「人間でもないおまえに何がわかる」と来た。確かに、私は人間ではない。人間のように、死ぬこともありません。だからこそ、物事を冷静に判断できる。香取武三は死んでいる。命をなくした人間が、他の人間の命を心配するなんて、絶対に間違っている。それなのに、香取武三は、私を無視して、四谷に向かったのです。

仁太郎が武三を背負い、やってくる。寛治・由紀子・翠子もやってくる。

仁太郎　いきなり、足が動かないって言い出しましてね。やっぱり、肺炎が治りきってなかったんですかね。（と武三を下ろし、椅子に座らせる）

寛治　（武三の足を触り）これは。

由紀子　長塚さんは待合室で待っていてください。それから、森山さんも。

翠子　私なら、お気遣いいりませんわ。香取さんの裸は船で何度も見ましたから。

武三　（由紀子に）肺炎になった時に、看病してもらったんですよ。（翠子に）誤解されるようなことを言わないでください。

由紀子　（翠子に）診察というのは、集中を要する作業です。他の人がいると、気が散るんですよ。

仁太郎　わかりました。行きましょう、翠子さん。

仁太郎・翠子が去る。その間、寛治は武三を診察している。

寛治　足が動かなくなったのは、いつからだ。

武三　昼間、ここを出て、すぐです。歩いていれば平気なんですが、ちょっと気を抜くとすぐに。

由紀子　（寛治に）死後硬直ね？

寛治　そうだ。死んでから半日ぐらいで、最高度に達する。

武三　（寛治に）どうして話したんですか？

由紀子　私が無理やり聞き出したのよ。あなたが出ていってから、急に態度がおかしくなったから。

寛治　（武三に）こういう症例は初めてだからな。うちにある医学書を片っ端から調べて、それでもわからないから、大学時代の恩師の所へ行ってきた。

武三　その人にも話したんですか？

寛治　一応、名前は伏せた。こういう患者が来たんですがと縷々説明したら、いきなり一喝された。そんなことはありえない。百パーセント、君の誤診だと。

武三　僕もその先生のご意見に賛成ですね。確かに、体は動かしづらくなったが、動かないわけじゃない。そんな死人がいますか？

由紀子　でも、あなた、ひどい顔色よ。体もひどく冷たいし。

寛治　（武三に）検温器を出してみろ。

由紀子　何度？

寛治　（武三から体温計を受け取って）二十五度だ。

由紀子　二十五度？（武三を見て）それじゃ、やっぱり。

武三　寛治さん、間違いないんですか。僕は本当に死んでるんですか。

寛治　俺も誤診であってほしいと願っていた。が、間違いない。

武三　しかし、僕は動ける。話もできる。体は死んでいるかもしれないが、僕は生きている。こんなことってあるんですか？

寛治　ありえない。だから、ずっと頭を悩ましてるんだ。

武三　クソー。（と頭をかかえる）

由紀子　私も医者の妻だから、幽霊とか魂とか、信じてなかった。でも、これはやっぱりの魂の力よ。魂が死んだ体を動かしてるの。

寛治　何のために。

由紀子　成仏したくないからよ。この世にやり残したことがあるから、死体の中に止まってるのよ。

寛治　しかし、それは不自然だ。あってはならないことだ。

プロキオンが武三に歩み寄る。

**プロキオン** だから、私と一緒に行こうと言ってるんです。
**武三** おまえの意見は聞いてない。
**寛治** 聞いてないとは何だ。俺は医者としてできるだけのことを。
**武三** 違いますよ。俺は天使に言ったんです。例の天使が、そこにいるんです。
**寛治** それはおまえの幻覚だ。よく考えてみろ。幽霊ならまだしも、天使なんかがこの世に存在するわけがない。
**武三** しかし、僕には見える。
**由紀子** じゃ、試しに聞いてみたら？　なぜこんなことになってしまったのか。
**武三** （プロキオンに）なぜなんだ。
**プロキオン** 悔しいけど、わかりません。
**武三** わからないだと？　おまえ、それでも天使か？　寛治さん言う通り、本当は幽霊じゃないのか？
**プロキオン** もう許せない。（上を向いて）一発だけです。一発だけお許しください。
**武三** じゃ、もう一つ質問だ。震災から今日までの間に、伊藤幸代という名前の女を、天に連れていかなかったか？
**プロキオン** 私の担当した中には、そんな名前の人はいませんでしたね。
**武三** 天使って、おまえだけじゃないのか？

**プロキオン**　こうしている間にも、人はどんどん死んでいる。今度の震災では、十三万人がいっぺんに死んだんだ。それを、私一人で面倒見きれると思いますか？

**武三**　じゃ、天使って、何万人もいるのか。

**プロキオン**　星の数ほどいますよ。少なくとも、人間の数よりは多い。

**由紀子**　こうして見てると、本当にそこに誰かいるみたいね。

**武三**　いるんですよ。本当に。

**寛治**　武三、提案があるんだ。さっき話した、俺の恩師の所へ行ってみないか。そこで詳しく検査して、これからどうするべきか、相談するんだ。

**武三**　それで、僕は生き返るんですか？

**寛治**　それはおそらくありえない。しかし、このままでは絶対にまずい。

**武三**　なぜです。

**寛治**　わからないのか。死体は腐るんだ。今は十二月だから、進行は遅い。しかし、二日もすれば、死臭が漂い始めるだろう。もっと時間が経ったら。

そこへ、仁太郎・礼次郎・翠子がやってくる。

**仁太郎**　診察はもう終わりましたか。

**武三**　ああ、終わった。おまえと同じ過労だってさ。あれ、礼次郎君。

**礼次郎**　兄を迎えに来たんです。父と喧嘩して、家を飛び出したって聞いたんで、たぶんこちらだ

仁太郎　ろうと思って。
礼次郎　お袋が俺の歓迎会をしてくれるって言うんだ。もちろん、俺は断ったんだが。
武三　（武三に）香取さんが一緒なら、帰ってもいいって言うんです。申し訳ないんですが、ご足労を願えますか。
仁太郎　しかし、僕はこれから銀座へ行かなければならないんです。
武三　そう言わずに頼む。おまえから親父に言ってやってほしいんだ。俺が作家になるために、どれだけ努力してきたか。武三。
翠子　わかったよ。（礼次郎に）喜んで出席させてもらいます。
そうと決まったら、出発ね。（寛治・由紀子に）お邪魔しました。

仁太郎・礼次郎・翠子が去る。武三も行こうとするが、由紀子が引き止める。

寛治　武三、今夜はうちにいろ。これは命令だ。
武三　仁太郎は僕の親友です。頼みを断るわけにはいきません。
由紀子　仕方ないわね。そのかわり、火鉢やストーブには近寄らないで。体が温かくなったら、腐敗の進行が早くなるから。
武三　わかりました。
由紀子　それから、食事は控えること。食べても、消化できないんだから。
武三　だから、チャポチャポいってるのか。

由紀子　チャポチャポって?

武三　昼間飲んだお茶です。これからは、絶対に何も口にしません。

武三が去る。反対側へ、寛治・由紀子が去る。

## 5

プロキオンが手帳を開く。

**プロキオン** やり残したことがあるからだ、と長塚由紀子は言いました。だから、成仏しないのだと。しかし、志半ばで死ぬ者はたくさんいる。なぜ香取武三だけが昇天しないのか。それは香取武三の力によるものなのか。それとも。いくら考えても答えは出ない。私にできることは、香取武三を追いかけ、説得することだけでした。

プロキオンが去る。茜・瑞穂がやってくる。茜は一升瓶を二本、瑞穂は手紙の束を持っている。

**茜** (奥に向かって)ただいま帰りました。
**瑞穂** (手紙の宛て名を見て)あれ、これ、島木さん宛だ。
**茜** 私に? きっと、お母様からよ。ねえ、貸して。

そこへ、米子・シリウスがやってくる。

米子　重かったでしょう、ご苦労様。
瑞穂　いいえ。でも、こんなにたくさん、誰が飲むんですか？
米子　主人と仁太郎よ。それに、昼間いらした仁太郎のお友達、あの方もいらっしゃるかもしれないし。
茜　（瑞穂に）ねえ、貸してってば。
瑞穂　読むのは後よ。おば様のお手伝いをしなくちゃいけないんだから。
米子　茜さんに手紙が来たの？
茜　ええ。でも、今すぐじゃなくても。
米子　遠慮せずにお読みなさい。お食事の支度はほとんど済んでしまったのよ。瑞穂さんだけいてくれれば、大丈夫。
茜　すいません。
瑞穂　（茜に手紙の束を渡して）さっさと読んで、来なさいよ。

米子・瑞穂が去る。茜が椅子に座り、手紙を読む。そこへ、謹吾・操がやってくる。

操　お父様、お逃げになるつもりですか？
謹吾　逃げるとは何だ。煙草が切れたから、買いに行くだけだ。
操　嘘です。お父様は、仁太郎と顔を合わせたくないだけなんです。

謹吾　私は、歓迎会などやる必要はないと言ったはずだ。
操　ええ。でも、お母様がぜひと仰ったら、仕方なくお認めになりました。
謹吾　それは昨日の話だ。おまえだって、見ていただろう。私はあいつを勘当したんだぞ。勘当した人間を、なぜ歓迎できる。
操　簡単です。勘当を取り消せばいいんです。
謹吾　そういうのを何と言うか知ってるか。朝令暮改と言うんだ。
操　過ちては則ち改むるに憚ることなかれとも言います。仁太郎だって、もう子供じゃない。あの子はあの子の考えで、パリへ行ったんです。
謹吾　行ったものは仕方ない。男らしく謝ったら、許してやろうと思っていた。しかし、あいつは何と言った。よりによって、作家になりたいなどと。
操　そのことなら、心配はいりません。
謹吾　どういう意味だ。
操　だって、あの子が作家になれるはずないもの。お父様もお読みになったでしょう、あの子の手紙。
謹吾　必要最小限のことしか書いてなかったな。
操　まるで、法律の条文よ。法律の勉強ばっかりしてきたから、仕方がないとは思うけど。でも、あんな文章で、人間の心が表現できるわけない。二、三年もしたら、すぐに諦めるに決まってます。

そこへ、礼次郎がやってくる。

礼次郎　ただいま、帰りました。

操　お帰りなさい。仁太郎は？

礼次郎　今、来ますよ。香取さんも一緒です。

謹吾が去ろうとする。そこへ、米子がやってくる。

米子　あなた、どちらへ。

謹吾　明日の講義の準備だ。

米子　それは、歓迎会が済んでからにしてください。もう支度はできてますから。

そこへ、仁太郎・武三・翠子がやってくる。

仁太郎　お母さん、ただいま。人数が多い方が賑やかになると思って、友達を連れてきたよ。

武三　（米子に）すいません。僕までお邪魔しちゃって。

謹吾　（仁太郎に）何しに来た。

仁太郎　僕はお母さんに会いに来たんです。歓迎会をやってくれると言うから。

米子　とにかく、一度座りましょう。茜さん、瑞穂さんを手伝ってくれる？

茜　わかりました。

茜が去る。

操　仁太郎、そちらの方は？
翠子　私は、森山翠子と申します。船で、仁太郎さんと知り合いまして。
謹吾　（仁太郎に）貴様、まさかこの人と。
仁太郎　違いますよ。この人は人妻です。森山商会の二代目の。
武三　翠子さん、帰らなくていいんですか？
翠子　いいの、いいの。今頃、典彦さんがうまくやってくれてるわよ。
操　仁太郎、歓迎会を始める前に、はっきりさせておきましょう。
仁太郎　はっきりって、何を。
操　あなたのこれからよ。あなたは昼間、作家になりたいって言ったわね。で、何か目途はついてるの？
仁太郎　目途って。
操　本を出すとか、新聞に連載を持つとか。
仁太郎　いや、それはまだ、何も。
謹吾　それで、どうやって生活するつもりだ。また、親の脛をかじるつもりか？
操　（仁太郎に）作家として一人立ちできるようになるまでは、何か別の仕事でもした方がい

仁太郎　いんじゃない？
操　別の仕事？
米子　たとえば、私みたいに、教師をやるのよ。
仁太郎　（仁太郎に）お父様に頼めば、きっと働き口を見つけてくださいますよ。ひょっとしたら、どこかの大学の講師だって。
操　それで、教授を目指せっていうんですか。あくまでも、お父さんの跡を継げっていうんですか。
礼次郎　違うわよ。お母様はあなたを応援するっていってるの。有名な作家だって、最初は教師だった人が多いでしょう？　夏目漱石は帝大の教授だったし。
仁太郎　芥川龍之介は海軍機関学校の教授だったよ。
礼次郎　（武三に）そうなのか？
操　僕は兵学校だから習ってないけど、なかなか厳しかったらしい。
翠子　でも、作家として名が売れたら、すぐに辞めてしまった。（仁太郎に）あなただって、そうすればいいじゃない。
武三　でも、教えながら書くっていうのは、なかなか大変じゃないの？　何なら、私が典彦さんのお父様に頼んでみましょうか。もっと楽な仕事を。
操　翠子さん、僕らは黙っていましょう。
仁太郎　どうするのよ、仁太郎。お父様に頼んで、働き口を探してもらう？
しかし。

操　もう、焦れったいわね。あなたが頼まないなら、私が頼むわ。
仁太郎　わかったよ。頼めばいいんだろう、頼めば。お父さん、よろしくお願いします。
米子　よかった。これで一安心ね。操、歓迎会を始めましょうか。

米子・操が去る。

礼次郎　お兄さんなら、きっと生徒に慕われるよ。芥川なんかより、ずっと。
仁太郎　俺は作家になりたいんだ。生徒なんかどうでもいい。
謹吾　そんなヤツに、教師になる資格はない。
翠子　あら、誰か来たみたい。
礼次郎　琴江さんだ。僕が行ってくるよ。

礼次郎が去る。

翠子　琴江さんて、どなた？
仁太郎　話しませんでしたっけ？　僕の許嫁ですよ。
翠子　え？　あなたにそんな人がいたの？
仁太郎　バカにしないでください。彼女は父の同僚の娘さんでしてね。僕がロンドンへ行く前に、将来の約束をしたんです。

翠子　へえ。どんな方？

武三がシリウスに近づく。

武三　君は天使か。
シリウス　あなた、やっぱり、私が見えるの？　どうして？
武三　その前に、僕の質問に答えろ。君は天使か。
シリウス　そうです。私はシリウス。
武三　一体ここで何をしている。ここには死人はいないぞ。
シリウス　今はね。でも、もう少ししたら。
武三　どういうことだ。これから、ここにいる誰かが死ぬのか？

そこへ、礼次郎・石原琴江がやってくる。

琴江　お邪魔します。
仁太郎　久しぶりだね、琴江さん。
琴江　何度も手紙をありがとうございました。
仁太郎　いや、パリへ移ってからは、あまり出せなかった。でも、元気そうで安心したよ。
礼次郎　お兄さん、話があるんだ。（奥に向かって）お母さんとお姉さんも来てくれないか。

仁太郎　いきなりどうした。何か、重大な発表か？

そこへ、米子・操がやってくる。

操　ちょっと待ってよ、礼次郎。もうすぐお燗が付くから。
礼次郎　乾杯をする前に、僕の話を聞いてほしいんだ。僕は来年の正月が明けたら、ロンドンに行くことになった。
仁太郎　ほう、確かになかなか重大だ。で、ロンドンへは何をしに。
礼次郎　先週、辞令が出たんだ。英国大使館付き武官の補佐官として、渡英せよって。
操　それって、栄転じゃないの。おめでとう。
謹吾　（礼次郎に）まじめに努力してきた結果だ。おまえのことを誇りに思うぞ。
操　礼次郎だけの力じゃないわ。お父様に習ってきた英語の力が、上官に認められたのよ。
米子　（礼次郎に）でも、どうしてすぐに話してくれなかったんです。
礼次郎　みんなに言う前に、僕は琴江さんに言いたかったんだ。そして、こうも言いたかった。一緒にロンドンに行ってほしいと。
仁太郎　何だって？
礼次郎　琴江さんはうんと言ってくれた。だから、僕らは二人でロンドンへ行く。
翠子　まあ、素敵。転勤が、そのままハネムーンになるのね。でも、琴江さんは仁太郎さんの許嫁じゃなかったっけ？

仁太郎　どういうことだ、礼次郎。
礼次郎　お兄さん、僕らは結婚する。お兄さんに何と言われようと、僕らの気持ちは変わらない。
仁太郎　驚いたな。海軍中尉殿が泥棒の真似をするとは。琴江さん、君は本気でこんな男についていくつもりか？
琴江　本気です。
仁太郎　たった三年留守にしただけで、もう心変わりか。君はそんなふしだらな女だったのか。（と琴江の腕をつかむ）
礼次郎　お兄さん。琴江さんを侮辱するのはやめてくれ。
仁太郎　うるさい！

仁太郎が礼次郎を殴る。礼次郎が倒れる。

琴江　やめて！
仁太郎　なぜ礼次郎なんだ。よりにもよって。
謹吾　やめろ、仁太郎！

と、謹吾が倒れる。米子・操が謹吾に駆け寄る。そこへ、茜・瑞穂がやってくる。

米子　あなた！

操　お父様、しっかりして！

武三　（シリウスに）そうか。君はお父さんのために。

礼次郎　ダメだ。気を失ってる。

仁太郎　（武三に）おまえの従兄の所へ運ぼう。手を貸してくれ。

礼次郎が謹吾を背負い、去る。武三・仁太郎・操・米子・翠子・琴江も去る。

# 6

プロキオンがやってくる。手帳を開く。

**プロキオン**　長塚謹吾は、車に乗せられたところで、目を覚ましました。「医者など行かん、降ろせ」と暴れましたが、妻の長塚米子に「念のために、診るだけ診てもらいましょう」と言われ、渋々、承知しました。そのかわり、長塚米子がついてくることは許しませんでした。明治の男というものは、本当に頑固です。

礼次郎が謹吾を背負い、やってくる。仁太郎・翠子・琴江もやってくる。

**謹吾**　下ろせ。もう治ったから、下ろせ。
**礼次郎**　下ろしても、帰らないって約束しますか。お医者さんに診てもらうまで。
**謹吾**　ここまで来たんだ。逃げも隠れもせん。
**礼次郎**　いいでしょう。

礼次郎が謹吾を下ろす。

**翠子**　これだけ元気なら、もう心配はいらないんじゃない？

**仁太郎**　そうだといいんですが。翠子さんまで付き合わせてしまって、本当に申し訳ありません。

**翠子**　あら、気にしないで。弟さんの車だけじゃ、全員乗り切れなかったし、お父様のことも心配だったし。

**謹吾**　なぜ私をお父様と。仁太郎、貴様、やっぱり。

**仁太郎**　だから、それは違うと言ったでしょう。

そこへ、武三・寛治・由紀子がやってくる。

**武三**　仁太郎、呼んできたぞ。

**由紀子**　（仁太郎に）すいません。ちょうど夕食をとっていたところで。

**寛治**　（謹吾に）仁太郎君のお父さんですね？　どうぞ、こちらにおかけください。

**仁太郎**　（謹吾に）じゃ、僕は待合室で待っています。

**礼次郎**　お兄さんもここにいてください。

**仁太郎**　これ以上、おまえの顔を見ていたくないんだ。翠子さん、行きましょう。

仁太郎・翠子が去る。

由紀子　やけに機嫌が悪いわね。（謹吾に）お宅で何かあったんですか？
謹吾　いや、お恥ずかしい。息子二人がいい年をして、兄弟喧嘩です。それで、私もつい頭に血が上ってしまいまして。
礼次郎　父は倒れた時、胸の辺りを押さえてました。（琴江に）そうだよね？
琴江　左胸の、ちょうど心臓の辺りを。
寛治　（謹吾に）胸を開けてもらえますか。
謹吾　先生、痛いですか。
寛治　は？
謹吾　私は子供の頃から体だけは丈夫で。だから、医者にかかったことは一度もないんです。痛いですか？
由紀子　心臓の音を聞くだけですよ。怖がることはありません。
謹吾　そうですか。（と胸を開きながら、礼次郎に）母さんには言うなよ。
礼次郎　わかってますよ。（琴江に）父はいつもこの調子でね。母には絶対に弱みを見せようとしないんだ。
琴江　ジェントルマンなんですね。
礼次郎　そうそう。若い頃にロンドンに留学して、法律と一緒に、紳士とはいかにあるべきかを学んできたんだ。
謹吾　私は、母さんに心配をかけたくないだけだ。

由紀子　うらやましいわ。息子さんがこんなに大きくなった今でも、奥さんを愛し続けていらっしゃるんですね。
謹吾　愛だなんて、そんな。
寛治　ん？　心拍数が上がってきたぞ。
武三　由紀子さんが変な話をするからですよ。
由紀子　（寛治に）ごめんなさい。診察の邪魔をしたりして。
寛治　（謹吾に）もう結構です。心臓に異常はない。倒れた時も、別に痛かったわけではないでしょう。
謹吾　ええ。息が苦しくなったから、つい触っただけで。
寛治　心臓よりも血圧だな。お酒と煙草は控えた方がいい。あと、暇な時はできるだけ体を動かすこと。運動が苦手なら、散歩でも構いません。じゃ。
謹吾　え？　これでおしまいですか？
寛治　ええ。何なら、注射でも一本打っておきますか？
謹吾　いや、結構です。
武三　寛治さん、もう少ししっかり診てくださいよ。
寛治　なぜだ。
武三　いや、念のためですよ。あんな倒れ方をしたのに、薬の一つも出さないなんて、何だか心配で。
寛治　俺の見立てが信用できないのか？

武三　そうじゃないけど、何か重大なことを見落としているかもしれないし。たとえば、癌とか結核とか。
謹吾　物騒なことを言わんでくれ。こっちは、痛い思いをしないで、ホッとしているのに。
礼次郎　よかったですね、お父さん。
謹吾　（琴江に）すまなかったな。君にまで心配をかけて。
琴江　（首を横に振る）
礼次郎　琴江さん、泣いてるのか？
琴江　いいえ。でも、おじ様に何かあったらどうしようと思っていたので。
謹吾　思い出したんだろう。震災で亡くなった、お父さんのことを。
琴江　（頷く）
謹吾　私は君のお父さんに、君を頼むと言われた。だから、そう簡単に死ぬわけにはいかない。
礼次郎　琴江さんは、僕が幸せにしてみせます。
謹吾　礼次郎、私はおまえたちの結婚は絶対に認めない。弟が兄の許嫁を横取りするなど、言語道断だ。
礼次郎　あくまでも、お兄さんと結婚させるつもりですか。
謹吾　昨日まではそう思っていた。（琴江に）が、仁太郎と一緒になっても、君は幸せにはなれまい。私が必ずいい人を見つけてやるから、礼次郎のことは諦めてほしい。
琴江　おじ様、それは無理です。たとえおじ様が反対なさっても、私は礼次郎さんとロンドンへ行きます。

謹吾　（寛治に）先生、お代は？
由紀子　いりませんよ。胸をちょこっと診ただけですもの。
謹吾　ありがとうございました。

礼次郎・謹吾・琴江が去る。

寛治　由紀子、せめて五十銭はもらってもよかったんじゃないか？
由紀子　ケチなことを言うんじゃないの。お金なんて、持ってる人からふんだくればいいのよ。五十円でも五百円でも。
寛治　それもそうだな。（武三に）よし、次はおまえの診察だ。
武三　僕はいいですよ。さっき診てもらったばかりだし。
寛治　鏡を見てみろ。顔色がますますひどくなってる。
由紀子　（武三に）火鉢やストーブにあたったりしなかったでしょうね？
武三　ええ。でも、仁太郎の家は人が多かったから、少し暖かかったかもしれない。

そこへ、仁太郎・翠子がやってくる。

仁太郎　何だ、今度は武三が診てもらってるのか。
武三　おまえは一緒に帰らなかったのか。

仁太郎　親父とか？　冗談じゃない。俺には寝る部屋がないんだぞ。
武三　でも、操さんは礼次郎君の部屋を使えって。
仁太郎　あいつと二人で寝ろっていうのか？　俺の許嫁を奪った男と。
武三　じゃ、どうするんだ。
翠子　私の家に来ることになったのよ。今から帰れば、パーティーも終わっているしょう。
武三　主役が出席しないでよかったんですか？
翠子　いいのよ。偉い人にニコニコするだけで、おもしろくも何ともないんだから。
仁太郎　（武三に）明日、また顔を出すよ。お前に頼みたいことがあるんだ。
武三　頼みたいこと？
仁太郎　それは明日話すよ。それじゃ。

仁太郎・翠子が去る。

寛治　武三。おまえが死んだのは、何時頃だ。
武三　えーと……。
プロキオン　午前六時三分だ。
武三　今朝の六時頃だそうです。
寛治　死後十四時間か。冬場の死体としては標準的だな。腐敗の進行はきわめて順調だ。
由紀子　そう。（武三に）順調に腐ってるって。

武三　由紀子さん！
由紀子　ごめんなさい。
寛治　武三、明日、起きたら、田舎へ帰れ。
武三　鳥取へ？　なぜですか。
寛治　ご両親に会いに行くんだよ。朝一番で出れば、その日のうちに着く。
武三　幸代さんの行方がまだわかってない。僕は東京にいますよ。
寛治　おまえは親よりも、幸代さんの方が大事なのか？
武三　親父の顔は二度と見たくない。子供の頃から、しょっちゅう殴られてきましたからね。絵ばかり描いていて、ろくな者にならないと。十八の年に家を出た時、僕は親父との縁を切ったんです。
由紀子　それは、私も知ってるわ。でも、お母さんは心配していらっしゃるはずよ。
武三　しかし、もう十年も会ってませんからね。
由紀子　会いたいと思わないの？　体が動かなくなる前に。
武三　思いません。僕はお袋よりも、幸代さんに会いたい。そのために、パリから帰ってきたんだから。
寛治　由紀子、食事に戻ろう。
由紀子　でも。
寛治　こいつは、何を言っても、聞く気がない。自分のことしか、頭にないんだ。
武三　当たり前じゃないですか。僕は死んでるんですよ。

寛治　おまえの命は、おまえだけのものじゃない。そんなこともわからないヤツは、さっさと腐るがいい。

寛治・由紀子が去る。

プロキオン　正岡寛治の言う通りです。あなたが死んで、悲しむ人たちのことも考えなさい。あなたの命は、その人たちのものでもあるんです。
武三　しかし、死ぬのは俺一人だ。
プロキオン　しかし、その人たちもあなたを失うんです。
武三　おまえはいつも俺のそばにいるな？　しかし、仁太郎の家には入ってこない。なぜだ。
プロキオン　別に理由はありません。
武三　嘘だ。あの家には、別の天使がいる。だから、遠慮してるんだろう。
プロキオン　あなた、私以外の天使も見えるんですか。
武三　あの天使は誰を見張ってるんだ。やっぱり、親父さんか。
プロキオン　私は知りませんよ。その天使に聞いてみればいいでしょう。
武三　天使っていうのは、いつから見張ってるんだ。人が死ぬ、何日前から。
プロキオン　別に決まりはありません。死ぬ瞬間までに行けばいいんです。震災が起きる直前は、東京中が天使だらけでしたよ。
武三　一人の人間に、一人の天使か。

**プロキオン**　そうです。一人に一人ずつ。

武三が去る。

# 7

プロキオンが手帳を開く。

**プロキオン**　その夜、香取武三は一睡もしませんでした。目を閉じた瞬間に、魂を抜き取ってやろうと思ったのに。体が死んでいるから、疲れたり、眠くなったりしないのでしょう。私には、香取武三を見つめることしかできませんでした。香取武三は、震災からその日までの新聞を物置から引っ張り出し、一晩中読みふけっていました。そして、次の日の朝。

武三・寛治がやってくる。武三は手拭いで顔を覆っている。

**寛治**　由紀子、由紀子。

そこへ、由紀子がやってくる。

**由紀子**　朝っぱらから、うるさいわね。朝御飯なら、あと五分でできるわよ。

**寛治**　飯なんか、どうでもいい。おまえの化粧道具を貸してくれ。白粉と口紅と、とにかくあるもの全部だ。

**由紀子**　わかった。鼻が腐って、取れちゃったのね？

**寛治**　違う。死斑だ。このバカ、一晩中、新聞を読んでいたらしい。おかげで、顔に血が集まって。（と武三の腕を下ろす）

**由紀子**　（叫ぶ）

**武三**　僕も鏡を見て、腰を抜かしそうになりました。これじゃ、まるで西瓜だ。

**由紀子**　西瓜っていうより、石榴よ。しゃべる石榴。

**寛治**　この恰好で出ていこうとしたから、せめて死斑が退いてからにしろと言ったんだが。

**武三**　（由紀子に）僕には時間がないんです。

**由紀子**　わかった。私がきれいにしてあげるわ。生きていた時より、ずっときれいに。

**寛治**　いや、ほどほどでいいんだ。あんまりきれいにすると、返って人目を引く。

由紀子が武三の腕をつかんで去る。寛治も去る。

**プロキオン**　正岡由紀子の化粧は完璧でした。遠目だったら、大抵の人は気づかない。それほど自然な化粧でした。おかげで、道行く人に、「あ、石榴が歩いてる」と指さされずに済んだわけです。正岡寛治の家の出ると、香取武三は小石川へ向かいました。伊藤幸代の行方を探す前に、長塚仁太郎の家に寄ることにしたのです。

プロキオンが去る。操・瑞穂・シリウスがやってくる。操・瑞穂は鞄を持っている。

**操**　太田さん、島木さんは？　まだ支度ができないの？

**瑞穂**　ええ。昨夜から、気分が悪いみたいで。

**操**　風邪でも引いたのかしら。

**瑞穂**　さあ。私も心配になって聞いたんですけど、大丈夫って言うだけで。

**操**　朝御飯の時も、ずっと口をきかなかったわね。あなた、ちょっと様子を見てきて。風邪だったら、今日は一日寝ているようにって。

**瑞穂**　わかりました。

瑞穂が去る。そこへ、謹吾・米子がやってくる。謹吾は鞄と帽子を持っている。

**米子**　あなた、今日はお休みになってください。

**謹吾**　そうはいかん。今日は講義が二つもあるんだ。

**米子**　お仕事も大切ですけど、少しはご自分のお体を労ってください。

**操**　（謹吾に）私もお母様のご意見に賛成です。昨夜だって、病院から帰ってきたら、すぐに書斎に行って。お父様は働きすぎなんです。

**謹吾**　しかし、私は病人ではない。

米子　それはそうですけど、もうお年なんですから。
謹吾　人を年寄り扱いするな。そういうおまえだって、いい年じゃないか。いや、すまん。レディーに向かって、いい年などと。

そこへ、礼次郎がやってくる。鞄と帽子を持っている。

礼次郎　お父さん、僕の話を聞いてください。
謹吾　私はもう出かける。話はまた今夜にしよう。
礼次郎　何時です。
謹吾　時間まで決める必要があるのか。
礼次郎　琴江さんにも来てもらいたいので。六時ですか。七時ですか。
謹吾　今夜も仕事があるからな。十二時でどうだ。
操　そんなに時間に、琴江さんが来られるわけないでしょう？
謹吾　そうか。それは残念だ。（礼次郎に）じゃ、行ってくる。
礼次郎　お父さん、待ってください。

そこへ、武三がやってくる。

武三　おはようございます。勝手に上がって、すいません。何度か声をかけたんですが、出てい

米子　らっしゃらなかったんで。
操　ごめんなさいね。今、取り込み中で。
武三　(武三に) 仁太郎でしたら、いませんよ。昨夜は結局、帰ってこなかったんです。全く、どこに泊まったのやら。
謹吾　昨日来た、森山翠子さんのお宅ですよ。
武三　あの人の家に？　仁太郎のやつ、やっぱり。
謹吾　いや、違いますよ。仁太郎と翠子さんの間には、本当に何もないんです。
礼次郎　だからと言って、誤解を招くような行動はするべきではない。(米子に) あいつはやはり勘当だ。今度帰ってきても、家には絶対に入れるな。
お父さん、待ってください。

謹吾が去る。

操　礼次郎、気持ちはわかるけど、焦っても無駄よ。お父様は、仁太郎のことで頭がカッカしているから。
礼次郎　お兄さんはお兄さん、僕は僕じゃないか。
米子　明日のクリスマス会に、琴江さんをお呼びしたら？　それなら、お父様だって、話をせざるを得ないでしょう。
礼次郎　そうか。よし、お父さんに許可を取ってくる。

礼次郎が去る。

**武三**　クリスマス会か。こちらのお宅は、キリスト教なんですか？
**操**　いいえ。うちは浄土真宗です。
**米子**　（武三に）主人がロンドンに留学した時、同級生のお宅のクリスマス会に招かれましてね。それがとても楽しかったんだそうです。で、うちも毎年。
**操**　（武三に）別にお祈りをするわけでもない。聖書を読むわけでもない。みんなでお食事をして、贈り物を交換するだけなんです。（米子に）あれって、いつから始まったんでしたっけ？
**米子**　あなたが生まれた年からよ。この子がお嫁に行くまでは続けようって言ってたんだけど、まさか三十年も続くとはね。
**操**　あの子たち、遅いわね。何してるのかしら。

武三がシリウスに歩み寄る。

**武三**　シリウス。君に聞きたいことがある。
**シリウス**　私に？　何ですか？
**武三**　君は誰を迎えに来た。この家の誰を。

シリウス　そんなこと、どうして聞くんですか？
武三　知りたいからだ。秘密は絶対に守る。だから、教えてくれ。

そこへ、茜・瑞穂がやってくる。茜は鞄を持っている。

瑞穂　遅くなりました。
操　二人とも、何をしてたの？　急いで出ないと、遅刻よ。
茜　先生、お願いがあります。私を、お正月もこちらにいさせてください。
操　え？　でも、山梨に行かなくていいの？　ご家族があなたを待っているんじゃなくて？
茜　昨日、母から手紙が来たんです。お金がないから、山梨までの汽車賃を送ることができない。先生に頼んで、そちらにいさせてもらえって。
操　汽車賃ぐらい、私が貸してあげるわよ。返すのはいつでもいいから。
茜　でも、母の実家は小さな農家で、両親と弟たちと妹たちは、六畳間に住んでいるんです。六畳間に七人で。
瑞穂　（操に）島木さん、手紙が届いてから、ずっと悩んでいたんです。先生に、どうやって頼もうかって。
操　すぐに言ってくれればよかったのよ。ねえ、お母様。
米子　（茜に）操の言う通りですよ。家にいたければ、いつまでもいていいんです。あなたが来てくれたおかげで、私も助かっているんですから。

茜　ありがとうございます。

そこへ、謹吾・礼次郎が戻ってくる。

礼次郎　お父さん、僕の話を聞いてください。
操　どうしたの、二人とも。
謹吾　米子、時計はどこだ。確かに、ここに入れたと思ったんだが。
米子　洗面所に置きっ放しになってましたよ。はい。（と時計を差し出す）
謹吾　（受け取って）なぜさっき渡してくれなかった。
礼次郎　お父さん、明日のクリスマス会のことなんですが。
謹吾　もう七時半だ。急いで行かないと、遅刻する。
礼次郎　お父さん、僕はとっくに遅刻です。こうなったら、二人で遅刻しましょう。

謹吾・礼次郎が去る。

操　島木さん、太田さん、私たちも行かないと。
茜　先生、おば様、本当にありがとうございます。
瑞穂　だから、正直に話せって言ったのよ。さあ、行きましょう。

茜・瑞穂が去る。

操　香取さん。さっきのクリスマス会ですけど、もしよかったらご招待させてください。いいでしょう、お母様？

米子　もちろん、構いませんよ。（武三に）ただし、何か一つ、贈り物を持ってきていただかないと。

武三　贈り物っていうのは？

米子　何でもいいんですよ。お花でも、ハンカチでも、心がこもっていれば。

操　（武三に）香取さんは画家でしょう？　だったら、やっぱり絵がいいわ。誰か一人を選んで、スケッチするのよ。

武三　残念ですが、僕には他にやらなければならないことがあるんで。でも、時間が空いたら、必ずお伺いします。

操　楽しみにしています。

米子　操、あなたも急がないと。

操　（武三に）それじゃ。

操・米子が去る。

武三　いつまでここにいるつもりだ。

シリウス　自分の仕事が終わるまで。
武三　そういう意味で聞いたんじゃない。この家の人はみんな出ていった。それなのに、なぜここにいる。なぜ後を追いかけない。
シリウス　後って、誰の？
武三　君が迎えに来た人だ。
シリウス　私が迎えに来た人は、まだこの家にいます。
武三　何を言ってるんだ。この家にはもう。

そこへ、米子が戻ってくる。

米子　ごめんなさいね。いきなり無理なお誘いをして。
武三　いいえ。僕なんかを誘っていただいて、むしろありがたいと思っています。
米子　ところで、今日は何をしに？　仁太郎に会いに来たんじゃないんですよね？
武三　ええ。ちょっと聞きたいことがあって。
米子　私でよければ、何でもお答えしますよ。その前に、私にも聞きたいことがあります。香取さんはなぜお化粧をしてるんですか？
武三　それは。
米子　今、お茶を持ってきますから、じっくり聞かせてください。

米子が去る。

**武三** まさか。

**シリウス** ええ、あの人です。あ、言っちゃった。お願いです。このことは誰にも言わないでください。特に、本人には。

**武三** しかし、仁太郎のお母さんはあんなに元気なのに。

**シリウス** 人が死ぬのは、病気とは限りません。事故で死ぬこともあるし、自ら命を裁つこともある。

**武三** いつだ。お母さんはいつ死ぬんだ。

そこへ、米子が戻ってくる。急須と湯飲みを載せたお盆を持っている。

**米子** 今、何て言いました？　どなたのお母さんが亡くなるんですか？

**武三** 何でもありません。僕はこれで失礼します。

**米子** あら、まだお化粧の理由を聞いてませんけど。香取さん。

武三が去る。後を追って、米子も去る。

# 8

プロキオンがやってくる。手帳を開く。

**プロキオン**　長塚米子はもうすぐ死ぬ。それは、香取武三にとって、大きな衝撃でした。多少、年は取っているけれど、体はどこも悪そうにない。そんな人が、もうすぐ死ぬなんて。しかも、本人は全くそのことに気づいていない。周りにいる家族も。香取武三は銀座へ行く前に、麻布に寄ることにしました。長塚仁太郎に、家へ帰れと言うために。

武三・典彦・翠子がやってくる。

**武三**　結局、パーティーには間に合わなかったんですか？
**翠子**　ちょうど片付けが始まったところ。典彦さんのお父様に見つかって、大目玉を喰ったわ。
**典彦**　（武三に）翠子は長旅の疲れで、熱が出たので、病院に行った。そう、父に言ったんです。
それなのに、帰ってくるなり、料理をバクバク食べ始めて。
**翠子**　仕方ないじゃない。お腹がペコペコだったんだから。

典彦　しかし、ワインの一気飲みはまずいよ。おかげで、僕が嘘をついたことが、一日でバレてしまった。

翠子　（武三に）でも、典彦さんたら、優しいのよ。翠子がパーティーを欠席したのは、人助けのためです。そう言って、私を庇ってくれたの。

武三　それで、仁太郎は？

典彦　まだ寝ているんじゃないかな。彼はウイスキーを一気飲みしていたんで。

そこへ、仁太郎がやってくる。袋を持っている。

仁太郎　おはようございます。居候の分際で、寝坊してすいません。

武三　昨夜はかなり飲んだらしいな。やけ酒か？

仁太郎　バカを言うな。パリにいた頃は、酒を買う金もなかった。だから、つい飲み過ぎただけだ。

典彦　（仁太郎に）香取さんは、あなたを迎えに来たそうですよ。

仁太郎　（武三に）お袋に頼まれたのか？

武三　そうじゃない。俺は俺の意思で来たんだ。おまえが家に帰りにくいのはわかる。しかし、いつまでもこちらにご迷惑をかけるわけにはいかないだろう。

翠子　あら、迷惑なんかじゃなくてよ。昨夜もとても楽しかったし。

典彦　しかし、長塚さんは三年ぶりに日本に帰ってきたんだ。まずはご家族とじっくり話をしないと。

**武三**　（仁太郎に）せめて今日一日ぐらい、お袋さんのそばにいてやれ。

**仁太郎**　やっぱり、お袋に頼まれたんだな？

**武三**　違う。俺はおまえのためを思って。

**仁太郎**　だったら、先に俺の頼みを聞いてくれ。俺を、芥川龍之介の家へ連れていってくれ。今すぐに。

**武三**　今すぐに？　しかし、俺はこれから銀座へ行きたいんだ。

**仁太郎**　芥川さんの家は田端だったな？　だったら、ちょっと寄り道すると思って。

**武三**　寄り道じゃない。とてつもない遠回りだ。

**翠子**　でも、車で行けば、大した遠回りにならないわ。

**仁太郎**　また乗せていってくれるんですか？

**翠子**　私も芥川さんに会ってみたいもの。いいでしょう、典彦さん？

**典彦**　しかし、僕も今日は会社へ行かなければならないんだ。

**翠子**　会社だったら、市電ですぐじゃない。ねえ、いいでしょう？

**典彦**　仕方ないな。そのかわり、今日は早く帰ってくるんだよ。二日連続じゃ、僕にも庇いきれなくなる。

武三・仁太郎・翠子が去る。反対側へ、典彦が去る。

**プロキオン**　そして、香取武三は田端へ向かいました。お待たせしました。いよいよ、芥川龍之介の登場です。

そこへ、芥川龍之介がやってくる。原稿用紙と万年筆を持っている。

**龍之介** 「人生は一箱のマッチに似てゐる。重大に扱ふのは莫迦莫迦しい。重大に扱はなければ危険である」。実際、火というのは恐ろしいものだ。震災で十三万もの人間が死んだのは、地震そのものが原因ではない。地震の後に起きた火事のためだ。僕は震災の四日後に吉原へ行ったが、まるで地獄絵のようだった。幾百の男女の死体が池に浮いていて、まるで泥釜で煮殺したようだった。しかし、彼らを煮殺した火は、案外、たった一本のマッチが元だったのかもしれない。そう考えれば、マッチ箱一つで、人類が滅ぼせるかもしれないわけだ。「人生は一箱のマッチに似てゐる」

芥川の科白の間に、武三・仁太郎・翠子がやってきて、座る。

**翠子** （拍手をして）すばらしいわ。今の、文藝春秋に連載なさっている、『侏儒の言葉』でしょう?

**龍之介** ええ。友人の菊池に頼まれて、仕方なく引き受けたんですが、毎月締切が来るから実に厄介で。震災の時は、これで一回休めると思ったんですが。

**武三** 震災の時はどちらに?

龍之介　ここで、昼食を取っていた。パンを食べて、牛乳を飲んで、最後にお茶を飲もうとしたら、いきなりグラリだ。すぐに、庭へ飛び出したよ。
武三　他のご家族は？
龍之介　後から出てきたよ。父は長男を、妻は次男を抱いていた。妻には、「子供を置いて、先に逃げるとは何事ですか」と叱られた。しかしね、香取君。人間、最後になると、自分のことしか考えないものだよ。
武三　芥川さんほどの人でもそうですか。
龍之介　しかしね、僕は今度の震災が起こることは、前から知っていたんだ。
翠子　まさか。
龍之介　いや、本当です。八月の初めに鎌倉に行った時、草花の様子がどうもおかしくて。貸別荘の藤棚には藤の花が咲き、裏庭には山吹が咲き、小町園の池には菖蒲が咲いていた。
翠子　八月に、菖蒲が？
龍之介　東京に帰ってきてから、会う人ごとに吹聴して回りましたよ。近い将来、必ず天変地異が起こると。しかし、誰も信じなかった。菊池なんか、もし起きたら、浅草十二階の屋根の上で裸踊りをしてやるなどとぬかしやがった。
武三　じゃ、菊池さんは裸踊りを？
龍之介　それが悔しいことに、浅草十二階が焼けてしまったんだ。どうせ焼けるなら、あいつの家が焼ければよかったのに。
仁太郎　武三。

武三　ああ。（芥川に）実は、芥川さんに折入って、相談があるんです。
龍之介　いよいよ本題に入ったね。相談というのは、その人の話じゃないの？
武三　ええ、そうなんです。よくわかりますね。
龍之介　僕は、震災を予知した男だよ。これぐらいのことがわからなくてどうする。君の友人ということは、その人は画家だね？
仁太郎　いいえ。僕は作家です。
龍之介　そう、作家だ。と言っても、まだ駆け出しで、いずれは僕のように、古典を題材にした小説を書きたいと思っている。
仁太郎　いいえ。僕は現代を舞台にした小説を。
龍之介　そう、現代だ。僕もこの五月から、現代物を書き始めた。これからの時代は、やはり現代物だよ。で、君も作家として一人前になるために、まずは僕に教えを乞おうと思った。
仁太郎　その通りです。やっと当たりました。
翠子　震災を予知したのは、ただのまぐれだったみたいね。
仁太郎　（袋から原稿用紙の束を出して）これは、僕が一年かけて書いた小説です。ぜひ、芥川先生に読んでいただきたいんです。
龍之介　ずいぶん、たくさんあるな。
武三　こいつとは、パリで知り合いましてね。一年間、同じ部屋に住んで、苦楽をともにしてきたんです。こいつは寝る間も惜しんで、その小説を書いていました。書いては破り、また書いては破り。それこそ、命がけで書き上げたんです。

龍之介　どんなに必死に書いた小説でも、出来が悪ければ、何の価値もない。
武三　それはそうですが。
龍之介　しかし、他でもない、香取君の推薦だ。きっとすばらしい小説なんだろう。
武三　いや、すばらしいかどうかは。
龍之介　じゃ、つまらないの？　君は僕につまらない小説を読めって言うの？
武三　少なくとも、僕はおもしろいと思いました。だから、こいつをここに連れてきたんです。
龍之介　よろしい。（仁太郎に）喜んで読ませてもらいますよ。
翠子　よかったわね、仁太郎さん。
龍之介　（仁太郎に）ただし、これだけは覚悟しておいてほしい。僕は、ダメなものにははっきりダメと言う。情けは絶対にかけない。
仁太郎　望むところです。が、もしダメと言われても、僕は平気です。また次の小説を書くだけですから。それじゃ、よろしくお願いします。

仁太郎・翠子が去る。武三も去ろうとする。

龍之介　香取君。一つ確かめておきたいんだが、ここへは何人で来た。
武三　三人ですよ。決まってるじゃないですか。
龍之介　そうか。じゃ、その人は君の連れじゃないのか。
プロキオン　あなた、私が見えるんですか？

龍之介　今、何て言いました？　いや、失敬。僕の目や耳がおかしいのかな。あなたの顔はぼやけてよく見えないし、声もよく聞き取れない。
プロキオン　でも、聞こえることは聞こえるんですね？
龍之介　何だって？　悪いが、もう少し大きな声で話してくれないか。
武三　芥川さん、あなた、死んでるんですか？
龍之介　バカなことを言わないでくれ。死人が口をきいたり、動いたりするものか。
武三　じゃ、どうして。
プロキオン　その人は、近い将来、死ぬんです。いや、もう既に死にかかっている。だから、私が見えるんです。
武三　そんなはずはない。芥川さんはまだ若い。俺の一つ上だから、まだ三十二だ。
龍之介　香取君、その人はやっぱり君の知り合いなのか？　その人は、ここへ何しに来たんだ。
武三　それは。
龍之介　（プロキオンに、大声で）君は誰だ。
プロキオン　（大声で）本当はあなたと話をしてはいけないんだが、仕方ない。私は天使です。
龍之介　（大声で）天使？
プロキオン　（大声で）でも、安心してください。私はあなたを迎えにきたわけではない。ここには他の天使もいないようだし、あなたが死ぬのはもう少し先のようです。
龍之介　（大声で）もう少しって、どれくらいだ。
プロキオン　（大声で）そんなことを聞いて、どうするんです。

龍之介　（大声で）どうもしない。が、知りたいんだ。締切が決まっているなら、それまでに仕上げなければならない。人生という名の小説を。

プロキオン　（大声で）人生は小説ではない。もし小説だとしても、あなたには読めない。

そこへ、翠子が戻ってくる。

翠子　どうしたの、武三さん？　もう行くわよ。

武三　芥川さん、また来ます。

翠子・武三が去る。

龍之介　人生は一箱のマッチに似ている。燃えてしまえば、後には何も残らない。

龍之介が去る。

# 9

プロキオンが手帳を開く。

**プロキオン**　生きている人間に姿を見られたのは、これが初めてではありません。五十年ほど前にも、一度あったし。人間というのは大抵の場合、心と体が同時に弱っていく。しかし、体は死にかけているのに、頭はむしろ冴え渡っている。そんな人間には、私が見えてしまうようです。とは言っても、芥川龍之介の場合はあまりに早すぎる。彼が死ぬのは、まだ三年半も先なのに。

武三・由紀子がやってくる。

**由紀子**　遅かったわね。夕御飯はもう食べちゃったわよ。あ、そうか。武三さんは食べられないんだから、別にいいんだ。

**武三**　今日のおかずは何でした。

**由紀子**　アジの塩焼きとかぼちゃの煮物とけんちん汁。

武三　けんちん汁か。子供の頃は、よくお袋が作ってくれたな。パリの冬は、鳥取や東京よりも寒いんです。時々、無性に食べたくなりましたよ。
由紀子　お腹が空いてるの？
武三　いや、この二日、お茶しか飲んでませんが、不思議と腹が減りません。喉も乾きません。
由紀子　死んでるんだもの、当たり前よ。
武三　でも、時には、酒を飲みたい気分にもなる。だから、これを買ったんですが。（とポケットからウィスキーの瓶を出す）
由紀子　あら、お酒？

そこへ、寛治がやってくる。

寛治　飲んだのか。
武三　一口だけならいいかと思って。しかし、飲んでも飲んでも酔いが回ってこない。気づいた時には、ほとんど空になってました。
由紀子　酔うわけないじゃない。あなたの胃はもう動いてないんだから。
寛治　いや、それ以前に、胃そのものがない。自分が出した胃液で、溶けてしまっているはずだ。
武三　そうか。だから、腹が空かないのか。
寛治　武三、体が腐るとはそういうことだ。外からだと、せいぜい死斑が出るぐらいで、大した変化はないように見える。しかし、おまえの胃はもうドロドロになっている。他の内臓だって、溶け始めている。

**由紀子**　そんなところへお酒を入れたら。

**武三**　アルコールがいい消毒になったかもしれません。

**寛治**　おまえというヤツは、こんな時によく冗談が言えるな。

**由紀子**　（武三に）でも、どうしてお酒なんか飲みたくなったの？　幸代さんのことが、何かわかったの？

**武三**　幸代さんは死にました。

**由紀子**　え？

**武三**　震災の日に死んだんです。僕が日本へ帰ろうと決心した時には、もうこの世にいなかったんです。

**寛治**　間違いないのか。

**武三**　間違いありません。今日、妹の雅美さんに会ってきました。

武三が椅子に座り、頭を抱える。

**プロキオン**　香取武三は、芥川龍之介の家を出た後、銀座へ行きました。伊藤幸代が勤めていた画廊に。しかし、そこは火事で焼けて、新しいビルが建っていた。次に、伊藤幸代の妹の、伊藤雅美が勤めていた神田の書店を訪ねると、十月に退職したとのこと。伊藤雅美は死んでなかった。栃木県の宇都宮市に引っ越していたのです。香取武三は上野駅から汽車に乗り、宇都宮に向かいました。

雅美がやってくる。

**雅美**　震災が起きた時、私は神田駅にいたんです。そこで火事に巻き込まれて、気づいた時には、病院のベッドの上でした。
**プロキオン**　怪我をしたの？
**雅美**　それと、火傷です。一カ月ほど入院しました。その間に、伯父夫婦がお見舞いに来てくれて、体が元に戻るまで家に来ないかって。
**プロキオン**　そう。でも、もう大分よさそうじゃないか。
**雅美**　先月から、この近くの書店で働き始めたんです。東京へは、もう戻らないつもりです。
**プロキオン**　ご両親やお姉さんは探さないの？
**雅美**　伯父が方々を歩き回って、調べてくれました。両親は、たぶん被服廠跡へ逃げたんだろうって。でも、伯父が行った時には、遺体はみんな焼かれてしまって。
**プロキオン**　お姉さんは？
**雅美**　姉は勤め先で死にました。
**プロキオン**　死んだ？　それは間違いないのか？
**雅美**　伯父が画廊のご主人を訪ねたら、姉は火事で逃げ後れたって。伯父はお骨を持って帰ってきました。姉のお墓はこの近くのお寺にあります。

**プロキオン** どうして知らせてくれなかったんだ。

**雅美** ごめんなさい。でも、香取さんはパリに行っていたし、連絡先もわからなかったし。

**プロキオン** すまない。君を責めるつもりはなかったんだ。

**雅美** あの朝、姉は手紙を見せてくれました。香取さん宛の手紙です。一週間もかけて書いたのよって、とてもうれしそうでした。

**プロキオン** その手紙も一緒に焼けたんだろうな。

**雅美** あの時、住所さえ読んでいれば、すぐに報せられたのに。

**プロキオン** いいんだよ。僕は彼女のそばにいなかった。悪いのは僕なんだ。でも、その手紙には何が書いてあったんだろうな。読んでみたかったな。

雅美が去る。

**由紀子** それで、お墓にはお参りしてきたの？

**武三** ええ。しかし、墓石を見ても、涙一つ出てこなかった。その時、僕は気づいたんです。僕はとっくの昔に諦めていた。幸代さんは生きているかもしれない、生きていてほしいなんて、思ってなかったんです。ただ、死んだことを確かめたかっただけなんです。

**寛治** 自分を責めるのはよせ。おまえはできるだけのことをした。

**武三** 僕が何をしました。パリから帰ってきただけじゃないですか。

由紀子　でも、旅費をつくるために必死で働いて、体を壊して。肺炎になったのは、そのためじゃない。
寛治　（武三に）そうだ。おまえは命を懸けて、帰ってきたんだ。
武三　今から考えると、笑い話ですね。僕は墓参りをしようとして、死んだんだ。
寛治　そういう言い方はやめろ。
由紀子　（武三に）そうよ。幸代さんはきっと感謝してるわ。私のために帰ってきてくれて、ありがとうって。
武三　感謝なんかいらない。僕は謝りたかった。一人でパリへ行ったことを。
由紀子　私たちもあなたに謝らなくちゃいけないわね。幸代さんのことがもっと早くわかっていたら、急いで帰ってくることはなかったんだもの。
寛治　そうだな。（武三に）それについては、本当にすまなかったと思っている。
由紀子　（武三に）妹さんの勤め先までは行かなかったのよ。
武三　それは、僕が手紙に書かなかったからでしょう。僕も、今日になって、思い出したんだ。
由紀子　でも、私たちだって、調べれば調べられたはずよ。
武三　僕が死んだのは僕のせいです。由紀子さんには何の責任もない。
由紀子　でも。
寛治　（武三に）これからどうする。
武三　さあ。今は幸代さんのことで頭がいっぱいで。明日のことは明日考えます。
寛治　しかし、明日になれば、腐敗はさらに進行するぞ。

由紀子　明日で三日目よね？

寛治　三日目くらいになると、全身に青緑色の筋が出る。腐敗網というやつだ。そうなったら、化粧なんかじゃごまかせない。外を出歩けるのは、明日が最後だと思った方がいい。

武三　そうですか。

寛治　おまえにとっては最後の一日だ。何をすべきか、よく考えるんだ。

寛治が去る。

由紀子　あの人の言う通りよ。幸代さんのことも大切だけど、今度は自分のことも考えないと。ねえ、天使さん。

プロキオン　あなたの言う通りです。

由紀子　（武三に）何か答えてくれた？

武三　あなたの言う通りですって。

由紀子　私は鳥取に帰った方がいいと思う。お母さんに会って、ちゃんとお別れを言うのよ。ねえ、天使さん。

プロキオン　（武三に）そのかわり、お別れを言ったら、私と天へ行くんですよ。

武三　しかし、何て言えばいいんだ。俺はもう死んでいるって言うのか？　そんなことを言ったら、お袋のやつ、腰を抜かすに決まってる。

由紀子　だったら、何も言わなくていい。かわりに、肩を揉んであげなさい。一時間でも二時間でも。で、ご褒美に、けんちん汁を作ってもらうのよ。

**武三**　食べてもいいんですか？

**由紀子**　最後だもの、好きなだけおかわりすればいいのよ。まあ、一晩じっくり考えてみて。じゃ、お休みなさい。天使さんもお休みなさい。

由紀子が去る。

**プロキオン**　いい人だな、あの人。

**武三**　プロキオン、一つ聞いてもいいか。

**プロキオン**　何です、急に改まって。

**武三**　天へ行ったら、どうなる。俺は幸代さんには会えるのか？

**プロキオン**　会えますよ。

**武三**　本当か？

**プロキオン**　本当ですよ。だから、自分を責めることはない。伊藤幸代に会った時に、ちゃんと謝ればいいんです。だから、あなたはあなたの人生の始末をつけるべきです。

**武三**　おかしなやつだな。昨日までは一刻も早く、天へ連れていこうとしたのに。

**プロキオン**　私は私なりに考えたんです。確かに、あなたの体は死んだけど、心はまだ死んでない。つまり、あなたは死人としては半人前なんです。そんな人間の魂を天へ連れていくわけにはいかない。

**武三**　そうか。また幸代さんに会えるのか。

武三が去る。

# 10

プロキオンがやってくる。手帳を開く。

プロキオン　その夜、香取武三は、伊藤幸代の写真をじっと見つめていました。伊藤幸代の死を知っても、墓の前に立っても、香取武三は泣かなかった。それは、伊藤幸代の死が悲しくなかったからではありません。体が死んでいるから、涙が分泌されなかったのです。明け方になって、香取武三はついに決意しました。鳥取へ帰ろうと。

寛治・由紀子がやってくる。

寛治　由紀子、鳥取までの汽車賃なんだがな。

由紀子　心配ご無用。（と封筒を差し出して）ちゃんと用意してあるわ。

寛治　（受け取って）済まないな。（と封筒を覗いて）ん？　これだと、少し多いんじゃないか？　鳥取までなら、十円ぐらいのはずだぞ。

由紀子　いいのよ。最後なんだから、一等車で帰らせあげましょう。

寛治　一等車なんて、俺だって乗ったことないのに。すまないな、由紀子。

そこへ、武三がやってくる。トランクと、布で包んだキャンバスを持っている。

武三　お待たせしました。
由紀子　荷物はそれだけでいいの？
武三　ええ。本を持っていっても、読む暇がないし。部屋に残してあるものは、後で適当に処分してください。
寛治　武三、汽車賃だ。（と封筒を差し出す）
武三　（受け取って）すいません。実は、昨日、宇都宮へ行って、財布が底をついたんです。でも、僕には返せませんよ。
寛治　誰が返せと言った。それは、俺たちからの餞別だ。よし、行くか。
由紀子　（武三に）長塚さんには会わずに行く？　それとも、途中で寄って、挨拶していく？
武三　そうか。あいつのことをすっかり忘れていました。昨日、宇都宮へ行く前に別れたきりだから、心配しているかもしれない。
由紀子　じゃ、寄っていきましょうよ。確か、小石川だったわよね？
武三　いや、あいつは昨夜も翠子さんの所に。あ。
由紀子　どうしたの？
武三　寛治さん、すいません。出発は昼にさせてください。

**寛治**　なぜだ。挨拶だけなら、五分で済むだろう。

**武三**　大事な用事を忘れていたんです。ちょっと出かけてきます。

**由紀子**　武三さん！

武三が去る。

**寛治**　何が大事な用事だ。今、一番大事なのは、急いで鳥取に帰ることだろう。

**由紀子**　あの人、本当にお昼までに戻ってくるかしら。

**寛治**　戻ってこなかったら、鳥取行きは中止だ。しまった。汽車賃を取り返しておけばよかった。

寛治・由紀子が去る。

**プロキオン**　香取武三は思い出したのです。長塚米子のことを。長塚米子は間もなく死ぬ。そのことを知っているのは、香取武三だけ。本人も家族も知らない。いつも通りに生活している。長塚仁太郎に至っては、家出して、森山翠子の家に転がり込んでいる。放っておくこともできました。黙って、鳥取へ帰ることもできました。しかし、香取武三は別の道を選んだのです。

礼次郎・琴江がやってくる。琴江は袋を持っている。

**礼次郎** ずいぶん早く来たね。朝御飯は食べたの？

**琴江** ええ。今日はいっぱい働こうと思って、おかわりまでしてきました。

**礼次郎** 張り切ってるな。でも、準備は夕方からだと思うよ。

**琴江** 構いません。それまでは、お掃除やお洗濯をお手伝いしますから。

そこへ、操・シリウスがやってくる。

**操** あら、琴江さん。こんな時間にどうしたの？

**琴江** クリスマス会の準備のお手伝いに参りました。

**操** そう。（礼次郎に）あなたが呼んだのね？

**礼次郎** こうすれば、琴江さんを出席させないわけにはいかないだろう？（琴江に）よし、僕はお父さんを呼んでくる。

礼次郎が去る。

**操** 不躾な質問で申し訳ないけど、礼次郎とはいつから？

**琴江** 父の葬儀の時、礼次郎さんにはいろいろと助けていただいて。その後も、ちょくちょく家へ遊びにいらっしゃるようになったんです。もちろん、母や兄がいる時に。

操　まずは家族から攻めたわけね？　海軍だけあって、作戦が緻密だわ。

琴江　二人きりで会うようになったのは、先月、音楽会に行った時が初めてです。

操　ということは、たったの一カ月で、結婚を決めたの？

琴江　母にも兄にも反対されました。でも、礼次郎さんが何度も話をしてくださったおかげで、こちらの皆様がいいと仰るならって。

操　私のことは心配しなくていいわ。あなたの選択は非常に正しいと思う。

琴江　でも、弟が姉より先に結婚するというのは。

操　気を遣ってくれてありがとう。でも、私が片づくのを待っていたら、あなた、おばあちゃんになるかもしれなくてよ。

そこへ、茜・瑞穂がやってくる。茜は鞄を、瑞穂は鞄と風呂敷包みを持っている。

瑞穂　先生、お待たせしました。

操　あら、その袋は何？

瑞穂　編み物です。昨夜のうちに終わらなかったので、学校でやろうと思って。

操　クリスマス会の贈り物ね？　誰に何をあげるつもり？

瑞穂　おじ様にはセーターを、おば様にはショールをと思ったんですが、お二人ともマフラーになりそうです。

操　まだ時間はあるわ。諦めないで。で、島木さんは？

茜　私は。

そこへ、謹吾・礼次郎がやってくる。謹吾は鞄と帽子を持っている。

礼次郎　お父さん、僕の話を聞いてください。
謹吾　だから、その話は後にしろと言っただろう。（と琴江を見て）あ。
琴江　おはようございます。突然お邪魔して、申し訳ありません。
謹吾　（礼次郎に）貴様、琴江君が来ていることをなぜ黙っていた。
礼次郎　だから、その話をしようとしていたんじゃないですか。

そこへ、米子がやってくる。礼次郎の帽子と鞄を持っている。

米子　クリスマス会の準備を手伝いに来てくださったんですよ。（琴江に）朝早くから、すいませんね。
謹吾　（琴江に）まさか、クリスマス会に出るつもりか？
礼次郎　琴江さんは僕の妻になる人です。出席する権利はあると思います。
謹吾　おまえたちの結婚は認めないと言ったはずだ。
操　でも、もう来てしまったんだもの。追い返すわけにもいかないでしょう？
琴江　（謹吾に）おじ様、出席してもよろしいですか。

**謹吾**　明日まで考えさせてくれ。（礼次郎に）じゃ、行ってくる。
**礼次郎**　お父さん、待ってください。

そこへ、武三がやってくる。

**武三**　おはようございます。今日も朝から賑やかですね。
**謹吾**　すまんが、そこを通してくれ。
**礼次郎**　その前に、答えてください。琴江さんは出席してもいいんですか？
**操**　琴江さん、この袋は何？
**琴江**　おじ様に贈り物を、と思って。手編みのセーターです。
**謹吾**　（礼次郎に）仕方ない。許可しよう。（と時計を見て）ああ、また遅刻だ。

謹吾が去る。

**礼次郎**　お姉さん、協力ありがとう。
**米子**　あなたも急がないと遅刻しますよ。（と鞄と帽子を差し出す）
**礼次郎**　いけね。（と受け取って）お母さん、琴江さんのご指導、よろしくお願いします。（琴江に）頑張ってね。
**琴江**　行ってらっしゃい。

礼次郎が去る。

操　行ってらっしゃい、か。何だか、もう奥さんになったみたいね。

瑞穂　先生、私たちもそろそろ出かけないと。

操　あ、鞄がない。あなたたち、ちょっと待ってて。

操が去る。

米子　香取さんもクリスマス会にいらしたんですか？　でも、始まるのは夜ですよ。

武三　その話なんですが、僕は今日、田舎へ帰ることになりまして。残念ながら、出席できなくなったんです。

米子　そうですか。操が聞いたら、淋しがるでしょうね。

瑞穂　(琴江に) すいません。先程のセーターを見せていただけますか？

琴江　(袋を差し出して) どうぞ。

瑞穂　(中を見て) 負けた。やっぱり、マフラーにしよう。

米子　へえ。瑞穂さんの贈り物はマフラーなの。じゃ、茜さんは？

茜　本です。前に買った、芥川龍之介の。

米子　そう。自分の本を人にあげるなんて、偉いわ。

武三　（茜に）君は芥川さんが好きなんだね？

茜　ええ。中学の時に、「赤い鳥」に載っていた『杜子春』を読んで、とても感動したんです。

瑞穂　嘘、嘘。本当は美男子だからでしょう？（武三に）この人、机の前に芥川の写真を貼って、毎日、見とれてるんですよ。

武三　へえ。じゃ、本人には会わない方がいいと思うな。きっと驚くから。

そこへ、操がやってくる。

操　お待たせしました。行きましょう。

茜　（武三に）どうして驚くんですか？　本物の方がもっと美男子だから？

瑞穂　いいから、早く行きましょう。

茜・瑞穂が去る。

武三　操さん、今日のクリスマス会なんですが、僕は出席できなくなりました。せっかく誘っていただいたのに、申し訳ありません。

操　気にしないでください。クリスマス会は来年も再来年もやりますから。

米子　あなた、来年も再来年もお嫁に行かないつもり？

操　行ってきます。

操が去る。

米子　（琴江に）じゃ、私たちも仕事を始めますか。

武三　その前に、お聞きしたいことがあるんです。いいですか？

米子　ああ。昨日の話の続きですね？　そう言えば、私も聞いてませんでしたね。なぜお化粧をしているのか。

武三　これは、顔に痣ができてしまったからです。化粧を落とすと、僕は石榴になってしまうんです。

米子　そうでしたか。でも、どうして痣が？

武三　今度は僕が質問する番です。最近、体の具合はいかがですか。何か異常はありませんか。

米子　いいえ、別に。

武三　体のどこかに、痛む所はありませんか。頭は。心臓は。肺臓は。

米子　そう言えば、時々、この辺りが痛むことがあるけど。

武三　胃ですね。よし、今から病院へ行きましょう。

米子　今から？　でも、今は別に痛くないんですよ。

武三　しかし、念のために、検査をした方がいい。さあ、行きましょう。

シリウス　ちょっと待って。

武三　うるさい。おまえは黙ってろ。

米子　え？
武三　いや、何でもありません。
シリウス　その人を病院に連れていっても、死ぬのを止めることはできないわ。あなたがしようとしていることは無駄なのよ。
武三　そんなことはわかっている。しかし。
米子　香取さん、しっかりして。（と武三の手をつかんで）手が冷たいわ。琴江さん、急いでお茶をいれてきて。（武三に）あなたはここでじっとしているんですよ。

米子・琴江が去る。

シリウス　なぜ病院へ連れていこうとしたの？
武三　お母さんに知ってもらうためだ。自分の死が近いことを。
シリウス　そんなことをして、何になるのよ。
武三　決まってるだろう。残された時間を、家族と一緒に過ごすんだ。お母さんが死ぬことを知ったら、仁太郎だって、きっとこの家に帰ってくる。礼次郎君も、操さんも、お父さんも帰ってくる。そうすれば、お母さんは、みんなに看取られながら、死ぬことができる。
シリウス　人にはいろんな死に方がある。世の中には、一人ぼっちで死ぬ人もたくさんいるのよ。
武三　それがどんなに辛いことか、おまえにわかるか？　本人だけじゃない。周りにいる人間だって、きっと苦しむ。死ぬ前に、なぜありがとうと言わなかったのかと。

そこへ、米子・琴江がやってくる。米子は毛布を、琴江は急須と湯飲みを載せたお盆を持っている。

**米子**　香取さん、そこに誰かいるんですか？

**武三**　いいえ。実は、僕には独り言を言うくせがありましてね。初めて見た人は大抵驚くようですが。

**米子**　私も驚きました。

そこへ、仁太郎がやってくる。

**琴江**　仁太郎さん。

**仁太郎**　（武三に）やっぱり、ここにいたのか。（琴江に）僕は武三を迎えに来たんです。すぐに出ていきますから。

**武三**　俺を迎えに？

**仁太郎**　芥川さんから電話があったんだ。すぐに家に来てくれって。それで、おまえにも一緒に行ってもらおうと思って。

**武三**　仁太郎、今日は一日、ここにいろ。

**仁太郎**　バカを言うな。芥川さんが待ってるんだぞ。

**米子**　今夜はクリスマス会なんですよ。夕方になったら、また帰って来てください。

仁太郎　断ります。僕は礼次郎にも、琴江さんにも会いたくない。
琴江　仁太郎さん、私の話も聞いてください。
仁太郎　行くぞ、武三。
武三　おい、仁太郎。

武三・仁太郎が去る。反対側へ、米子・琴江が去る。

## 11

シリウスが手帳を開く。

**シリウス** 長塚仁太郎を行かせてはいけない。そう、香取武三は思いました。長塚米子は一時間後に死ぬかもしれない。今、行ったら、長塚仁太郎はきっと後悔すると。しかし、長塚仁太郎は全く逆のことを考えていました。一刻も早く、作家としてデビューしたい。デビューしなければ、自分は教師にさせられてしまう。今、行かなければ、きっと後悔すると。

武三・仁太郎・翠子がやってきて、座る。後から、龍之介がやってくる。龍之介は帽子をかぶり、外套を着て、本と原稿用紙の束を持っている。

**龍之介** 済まなかったね。自分で呼びつけておいて、留守にして。ちょっと書店に行っていたもので。

**仁太郎** とんでもありません。芥川さんこそ、何度も時間を割いていただいて、感謝しています。

**龍之介** しかし、香取君や、そちらのご婦人までいらっしゃるとはな。

翠子　私は、作家・長塚仁太郎のファン第一号ですから。
仁太郎　翠子さんは僕の小説を読んでないじゃないですか。
翠子　それは、あなたが読ませてくれなかったからよ。でも、武三さんから話の筋を聞いて、とても感動したの。あなたにはきっと才能があるわ。
仁太郎　だといいんですが。
龍之介　とりあえず、原稿はお返ししよう。（と原稿用紙の束を仁太郎に渡す）
武三　こんなに長い小説が、よく一日で読めましたね。
龍之介　いや、全部は読んでない。最初の十枚だけだ。
仁太郎　え？
翠子　（龍之介に）それって、どういうことですの？
武三　芥川さん、全部読まずに批評するなんて、あんまりじゃないですか。
龍之介　（仁太郎に）僕は電話で、話があると言ったはずだ。
仁太郎　それはそうですが、僕はてっきり、自分の小説の話かと。
龍之介　小説じゃなくて、君自身の話だ。君は夏目さんの小説を読んだことはあるか。
仁太郎　『こころ』は読みました。後は、『我輩は猫である』と『坊っちゃん』と。
龍之介　森さんのは。
仁太郎　子供の頃に、『山椒太夫』を。
龍之介　志賀さんのは。谷崎さんのは。
仁太郎　どちらも読んでません。

武三　（龍之介に）仁太郎は、ロンドンにいる時に、作家を志したんです。ディケンズやハーディを読んで。

龍之介　それぐらいは、言われなくてもわかるよ。この小説の出だしは、ディケンズの『ディヴィッド・コッパフィールド』にそっくりだ。

武三　それから、パリに来て、バルザックやゾラやモーパッサンを読んで。

龍之介　要するに、ヨーロッパの自然主義をたっぷり勉強してきたわけだ。

仁太郎　僕の小説は、ヨーロッパかぶれだと仰りたいんですか？

龍之介　そうじゃない。僕は小説じゃなくて、君自身の話をしている。

翠子　一体何が仰りたいのよ。ヨーロッパの小説ばっかり読んで、日本の小説を読まない人間は、作家になれないってこと？

龍之介　作家とは何です。長塚君、作家とは何だと思います。

仁太郎　言葉を使って、物語を作る職業です。

龍之介　じゃ、言葉とは何です。

仁太郎　日本語です。

龍之介　そうじゃない。自分の言葉だ。作家とは、自分の言葉を生み出せる人間のことだ。僕は僕自身の言葉を生み出すために、死に物狂いで勉強してきた。夏目さんも読んだ。ディケンズも読んだ。モーパッサンも読んだ。読めるものは全部読んで、自分の言葉とは何かを考えた。長塚君、君はどうだ。君は君自身の言葉を生み出そうとしたか。

仁太郎　ええ。

龍之介　嘘だ。君はまだそこまで苦しんでない。他人の小説を読んで、手に入れた言葉を、大喜びで振り回している。

翠子　それはちょっと言い過ぎじゃなくて？　それでは、まるで、仁太郎さんが盗作でもしたみたいじゃない。

龍之介　（仁太郎に）十年勉強したまえ。もっともっと本を読むんだ。もっともっと小説を書くんだ。十年やれば、君自身の言葉がきっと見つけられる。

仁太郎　十年ですか。

龍之介　（本を差し出して）これは僕の一番新しい本だ。よかったら、読んでくれ。

仁太郎　（受け取って）ありがとうございました

仁太郎・翠子が去る。プロキオンがやってくる。

武三　芥川さん、仁太郎の小説は、そんなにつまらなかったですか。

龍之介　いや、初めて書いたにしては、なかなかの出来だった。しかし、彼は僕によく似ていた。

武三　芥川さんに？

龍之介　僕が作家になって、今年で八年だ。最初の頃は、夏目さんに褒められたりして、すっかり天狗になった。しかし、最近になって気づいたんだ。僕はまだ、自分の言葉を生み出していない。

武三　そんなはずはない。芥川さんは今や、日本を代表する作家だ。

龍之介　僕には長塚君がうらやましい。彼にはまだ時間がある。たとえ十年勉強したとしても、まだその先に何十年も残っている。（プロキオンに）僕にはもう、そんなに時間が残っていないんだろう？

プロキオン　ええ。

龍之介　しかし、僕は諦めない。マッチだって、燃えた後には、灰が残るじゃないか。僕だって何か残さないと。じゃ。

龍之介が去る。反対側へ、武三が去る。

プロキオン　森山翠子の家に戻ると、長塚仁太郎は部屋に閉じこもってしまいました。香取武三がいくらドアを叩いても、返事さえしません。それでも、香取武三は叩き続けました。家へ帰ろう、お母さんに会いに行こうと。しかし、ドアが開いたのは、それから三時間後のことでした。中から出てきた、長塚仁太郎の手には、半分空になったウイスキーの瓶がありました。

仁太郎・武三がやってくる。仁太郎は本と、ウイスキーの瓶を持っている。

武三　仁太郎、それ以上、飲むのはよせ。

仁太郎　うるさい。今日ぐらいは好きに飲ませろ。俺は自分の将来を否定されたんだぞ。酔っ払う

**武三**　権利はあるはずだ。
**仁太郎**　芥川さんは別に否定したわけじゃない。もっと勉強しろと言ったんだ。
**武三**　今日の勉強は終わった。こいつはおまえにやる。（武三に本を差し出す）
**仁太郎**　（受け取って）もう読み終わったのか。
**武三**　確かに、俺にはそんな小説は書けない。十年勉強したって、無理だろう。しかし、俺はどうしても作家になりたいんだ。今すぐに。
**仁太郎**　そんなに教師になるのがいやなのか。
**武三**　ああ、いやだ。姉さんは教師をしながら、作家を目指せって言ったけど、そんな器用なことが、俺にできると思うか？　親父みたいに、毎日、講義の準備に追われて、気づいた時には年寄りだ。
**仁太郎**　それは、努力次第じゃないか。芥川さんが言ったように、十年勉強すれば。
**武三**　無理無理。法律の勉強だって、二年で放り出したんだ。十年も続けられるもんか。
**仁太郎**　だったら、潔く諦めて、家へ帰れ。これ以上、お母さんに心配をかけるな。

そこへ、翠子・典彦がやってくる。

**翠子**　あら、仁太郎さん、お家に帰るの？
**仁太郎**　いや、帰りません。申し訳ないが、もう一晩だけ、泊めてください。あと、これと同じ酒を、もう一本。

翠子　気晴らししたい気持ちはわかるけど、飲み過ぎは体に毒よ。よかったら、私とドライブに行かない？
仁太郎　いいですね。伊豆の辺りまで足を伸ばして、温泉にでも入ってきますか。
典彦　翠子、今夜は先約があるだろう。
翠子　それは、典彦さんにお任せするわ。私は仁太郎を励ましたいの。
典彦　しかし、今夜のパーティーには、軍隊のお偉方もいらっしゃるんだ。君が出ないと、父だけじゃなくて、会社にも迷惑がかかる。
翠子　大丈夫よ。一昨日のパーティーだって、五分叱られただけで済んだじゃない。
典彦　今夜のパーティーは違うんだ。
翠子　私はパーティーが大嫌いなの。さあ、仁太郎さん、行きましょう。
武三　翠子さん、仁太郎は行きません。これから、家へ帰るんです。
仁太郎　わからないやつだな。俺は帰らないと言っただろう。
武三　わからないのはおまえの方だ。翠子さんの優しさに付け込むのは、もう止めにしろ。おまえがここにいるのは迷惑なんだよ。
翠子　あら、そんなことないわ。ねえ、典彦さん。
典彦　いや、迷惑だ。（仁太郎に）今すぐ、ここを立ち去ってほしい。
翠子　典彦さん、ひどいわ。仁太郎さんは今、とても辛いのよ。
典彦　その話はもう聞いたよ。しかし、長塚さんだって、もう大人だ。いつまでも甘やかしてはいけない。

翠子　私は仁太郎の力になりたいだけよ。
典彦　君は長塚さんが好きなのか。僕よりも。
翠子　そんなこと、あるわけないじゃない。
典彦　だったら、今度は僕の力になってくれ。僕には、君のような明るさがない。本当は、パーティーなんか行きたくないんだ。しかし、僕は森山商会の二代目だ。僕の肩には、社員の生活がかかってるんだ。僕は弱い。君の力が必要なんだ。
翠子　初めてね。典彦さんがそんな情けないこと言うの。
典彦　がっかりしたかい？
翠子　ううん、とってもうれしい。私、ずっと待っていたのよ。あなたがそう言ってくれるのを。

仁太郎が去ろうとする。

武三　どこへ行くんだ。
仁太郎　さあな。試しに、横浜でも行ってみるか。運がよければ、マルセイユ行きの船に乗れるかもしれない。
武三　いい加減にしろ、仁太郎。（と仁太郎の腕をつかむ）
仁太郎　放せ。
武三　俺と一緒に家へ帰るんだ。帰って、お母さんに会うんだ。
仁太郎　なぜだ。なぜさっきから、お袋のことばかり言うんだ。やっぱり、お袋に頼まれたのか。

俺を連れ戻したら、金をやるとでも。

武三が仁太郎を殴る。仁太郎が倒れる。

**翠子** 武三さん！

**武三** （仁太郎に）おまえのお母さんは、もうすぐ死ぬんだ。だから、今すぐ帰れと言ってるんだ。

**仁太郎** お袋が死ぬって？　それは本当か。

**武三** 本当だ。これだけは言いたくなかったが、おまえがどうしても聞かないから。

**仁太郎** なぜ死ぬんだ。お袋は病気なのか。

**武三** ああ。本人は気づいてないが、かなり悪くなってるはずだ。

**仁太郎** 誰に聞いた。姉さんからか。

**武三** 誰でもいいだろう。おまえが教師になりたくないのはわかる。礼次郎君に会いたくないのもわかる。しかし、これ以上、お母さんに心配をかけるな。死ぬ前に、元気な顔を見せてやれ。

**仁太郎** わかった。翠子さん、森山さん、いろいろお世話になりました。

武三・仁太郎が去る。反対側へ、翠子・典彦が去る。

## 12

プロキオンがやってくる。手帳を開く。

**プロキオン** 香取武三と長塚仁太郎は、市電に乗って、小石川へ向かいました。市電の中で、長塚仁太郎は様々な疑問を浴びせてきました。病名は何か。病院へは行ったのか。しかし、香取武三は適当にごまかしただけで、自分が死んでいることも、シリウスのことも言いませんでした。そんなことよりも、間に合うがどうかの方が心配だったので。

武三・仁太郎がやってくる。武三は本を持っている。

**仁太郎** お母さん、お母さん。

**武三** おかしいな。誰もいない。

**仁太郎** ひょっとして、もう病院に運ばれたのか?

**武三** それだったら、書き置きが置いてあってもいいはずだ。それに、留守番だって。

そこへ、茜・瑞穂・シリウスがやってくる。

**瑞穂**　あ、仁太郎様、お帰りなさい。
**仁太郎**　お袋は。お袋はどこにいる。
**瑞穂**　おば様は、お買い物です。琴江さんと一緒に。
**仁太郎**　いつ出かけたんだ。何時頃に。
**茜**　私たちが帰ってきてからすぐだったから、三時頃だと思います。
**仁太郎**　もう一時間も過ぎてるじゃないか。武三、迎えに行こう。
**武三**　いや、その必要はない。帰ってくるまで、ここで待とう。
**仁太郎**　なぜだ。今頃、魚屋の店先で、倒れているかもしれない。こんな所でぐずぐずしている暇はないんだ。
**武三**　いや、大丈夫だ。お母さんはきっと無事に帰ってくる。そうだろう？
**シリウス**　ええ。
**仁太郎**　武三、今、誰に聞いたんだ。
**武三**　そちらの小さい方の子にだ。確か、島木さんだったよね？　仁太郎のお母さんは、何時に戻るか、言ってなかった？
**茜**　別に何も。でも、買い物はいつも一時間ぐらいです。
**武三**　それなら、もうこっちへ向かっているはずだ。慌てずに、ここで待とう。
**仁太郎**　何が、慌てずに、だ。慌てさせたのはおまえじゃないか。ああ、走ったら、喉が乾いた。

瑞穂　ちょっと水を飲んでくる。
仁太郎　あ、お水なら、私が。
いいんだ。水ぐらい、一人で飲める。

礼次郎・茜・瑞穂が去る。

武三　シリウス、おまえはなぜここにいる。なぜお母さんを追いかけない。
シリウス　四六時中、くっついて回る必要はないの。いざって時に、そばにいてあげれば。
武三　ということは、お母さんはすぐには死なないんだな？
シリウス　あなたには、もう何も教えない。あなたは、約束を破るから。
武三　俺がいつ約束を破った。
シリウス　誰にも言わないでって頼んだのに、長塚仁太郎に話したでしょう？
武三　もうすぐ死ぬって言っただけだ。おまえのことは何も話してない。
シリウス　長塚米子が戻ってきたら、どうするつもり？
武三　今度こそ、寛治さんの所へ連れていく。詳しく検査してもらって、必要ならば手術してもらう。一分でも一秒でも、死ぬのを先延ばしにするんだ。そうすれば、家族全員がお別れを言える。
シリウス　そう。
武三　おまえに邪魔はさせない。黙って、そばで見ているがいい。

そこへ、茜が戻ってくる。

茜　香取さん、その本を見せてもらえますか？
武三　ああ、どうぞ。（と本を差し出す）
茜　（受け取って）やっぱり。五月に出た、『春服』ですね。
武三　今朝、芥川さんの家に行ってきてね。その時、仁太郎がもらったんだ。
茜　芥川さん、ご本人に？　いいなあ。
武三　この本は、君も持ってるんじゃないの？
茜　ええ。でも、今夜のクリスマス会で、おじ様に差し上げるんで。
武三　そうか。じゃ、この本は君にあげよう。
茜　え？　でも。
武三　遠慮することはない。クリスマスの贈り物だと思ってくれ。
茜　でも。
武三　それとも、君はもっと他の物がほしいのか？　洋服とか、バッグとか。
茜　物なんかいりません。もし、神様が本当にいるなら、私を家族に会わせてほしい。一時間でいいから、両親や弟たちや妹たちに会わせてほしいです。
武三　そうか。君は正月もここにいるんだったな。よし、これをあげよう。（と封筒を差し出す）
茜　（受け取って）何ですか、これ？

武三　君のご家族は今、どこにいるんだっけ？

茜　山梨です。

武三　だったら、十分足りるはずだ。これで、ご家族に会いに行くといい。

茜　（封筒を覗いて）いいです。こんな大金、いただくわけにはいきません。

武三　いや、ぜひとももらってくれ。本当はその金で、僕も田舎に帰るはずだったんだ。しかし、もう四時だ。今から出発しても、間に合わない。僕には必要なくなったんだよ。

茜　でも、私が行っても、邪魔になるだけなんです。泊まるわけにもいかないし。

武三　一時間だけいいて、帰ってくればいいじゃないか。それだけあれば、一等車で往復できるはずだ。

そこへ、礼次郎がやってくる。

礼次郎　あれ、香取さん。またいらっしゃったんですか？

武三　礼次郎君こそ、ずいぶん早いお帰りですね。

礼次郎　琴江さんのことが心配で、早退けしてきたんです。軍人のくせに、だらしない男です。

茜　香取さん、これはお返しします。

武三　それはもう君の物だ。いいじゃないか。今日はクリスマスなんだから。

そこへ、仁太郎・瑞穂がやってくる。

仁太郎　何だ、礼次郎だったのか。
礼次郎　よかった。お兄さんもクリスマス会に出席するんだね。
仁太郎　俺はお袋に会いに来ただけだ。それなのに、買い物に出かけたみたいで。
礼次郎　じゃ、お母さんが帰ってくるまで、話をしよう。
仁太郎　おまえと話すことは何もない。
礼次郎　僕にはある。僕はお兄さんに謝りたいんだ。
仁太郎　ほう。自分のしたことが、どんなに間違ったことか、やっと気づいたのか。
礼次郎　それは最初からわかっていた。でも、僕はそれでもいいと思った。お兄さんが怒るなら、いくらでも殴られようと思った。
仁太郎　よし。それだけの覚悟があるなら、上等だ。思う存分、殴ってやろうじゃないか。
武三　止めろ、仁太郎。

仁太郎が礼次郎の服をつかむ。そこへ、琴江がやってくる。袋を持っている。

琴江　仁太郎さん、やめてください。
武三　琴江さん、お母さんは。
琴江　大通りで、操さんにお会いして。すぐに、後からいらっしゃいます。仁太郎さん、礼次郎さんを放してください。

礼次郎　いや、いいんだ。殴ってくれと言ったのは、僕なんだから。
琴江　（仁太郎に）殴るなら、私を殴ってください。あなたを裏切ったのは、私なんだから。

仁太郎が礼次郎を突き飛ばす。礼次郎が倒れる。

仁太郎　狡いぞ、おまえら。これじゃ、まるで、俺が悪役みたいじゃないか。
琴江　いいえ、悪いのは私です。一人で待つことに耐えられなかった、私が悪いんです。
仁太郎　待たせた俺も悪かった。しかし、俺はロンドンへ遊びに行ったわけじゃない。勉強しに行ったんだ。
琴江　わかっています。
仁太郎　親父のような学者になれば、君に苦労をかけずに済む。そう思ったから、行ったんだ。
礼次郎　しかし、お兄さんは大学を辞めた。
仁太郎　（琴江に）だから、俺を捨てたのか。俺にはもう見込みがない。そう思って、礼次郎に乗り換えたのか。

仁太郎が琴江の腕をつかむ。そこへ、操・米子がやってくる。

操　仁太郎、何をしてるの。琴江さんを放しなさい。
琴江　いいんです、操さん。

仁太郎　どうなんだ。俺の言った通りか。

琴江　違います。あなたには何もわかってない。私の気持ちなんか、少しも考えてない。

仁太郎　君の気持ち？（と琴江の腕を放す）

琴江　でも、それは仕方ないことです。あなたは震災が起きた時、東京にいなかったんだから。

仁太郎　どういうことだ。

琴江　私の父は震災で亡くなりました。崩れた家の下敷きになって、そのまま焼け死んだんです。私の目の前で。私は悲しくて悲しくて、何日も何日も泣き続けました。このまま気が狂ってしまうのではないかと思いました。それを励ましてくれたのが、礼次郎さんです。礼次郎さんは私のそばにいた。私が駄目になりそうになった時、ずっとそばにいてくれたんです。

仁太郎　しかし、俺は急いで帰ってきた。

琴江　礼次郎さんはロンドンに行くと決まった時、一緒に来てくれと言いました。それでやっと決心がついたんです。この人はずっとそばにいてくれる。私は一人にならずに済む。死ぬまで、一人にならずに済むと。

仁太郎　震災の時にパリにいたから、だから、俺は捨てられたのか。

武三　仁太郎、もういいだろう。琴江さんも礼次郎君も、自分たちが悪いと言ってるんだから。

仁太郎　おまえに何がわかる。

武三　（仁太郎の胸ぐらをつかんで）おまえこそ、何がわかる。幸代さんは死んだんだ。俺がそばにいてやらなかったから、一人で死んだんだ。しかし、琴江さんは生きている。それで

礼次郎　十分じゃないか。
　　　　香取さん。（と武三の腕をつかむ）

　　　武三が仁太郎を突き飛ばす。仁太郎が倒れる。

仁太郎　俺は琴江さんが好きだった。ずっと好きだったんだ。
武三　好きなら、幸せになってほしいと思うだろう。琴江さんの幸せは、礼次郎君とロンドンへ
　　　　行くことなんだ。
仁太郎　（泣く）
米子　仁太郎。

　　　米子が仁太郎に歩み寄る。と、倒れる。

仁太郎　お母さん。
操　（米子に）しっかりして。お腹が痛いの？
仁太郎　礼次郎、車だ。
礼次郎　今日は乗ってきてないんだ。琴江さん、タクシーを。
琴江　はい。
武三　シリウス。

シリウス　どうぞ、病院へ。邪魔はしませんから。

仁太郎が米子を背負って、去る。武三・操・礼次郎・琴江も去る。反対側へ、茜・操も去る。

## 13

シリウスが手帳を開く。

**シリウス** 長塚米子は必死で痛みを堪えながら、「しばらくじっとしていれば、治ります」と言い張りました。が、長塚操に「お父様はちゃんと病院に行ったわよ」と諭されると、素直にタクシーに乗りました。長塚礼次郎はもう一台のタクシーに乗り、長塚謹吾の勤める大学へ向かいました。もちろん、長塚謹吾を迎えに行ったのです。

シリウスが去る。謹吾・礼次郎がやってくる。反対側から、操・琴江がやってくる。

**操** お父様、早かったですね。

**謹吾** ちょうど帰り支度をしていたところだった。で、米子は。

**操** 今、奥の部屋で診察中です。

**謹吾** 礼次郎は、胃じゃないかと言っていたが。

**操** 確かに、この辺りを押さえていたけど。（礼次郎に）お母様、胃がお悪かったの？

礼次郎　僕は琴江さんに聞いたんだ。お母さんがそう言ってたって。
琴江　今朝、お聞きしたんです。時々、痛むことがあるって。
操　なぜもっと前に言ってくださらなかったのかしら。
謹吾　あいつはそういう女だ。いつも一人で我慢する。

そこへ、武三・仁太郎がやってくる。

仁太郎　あ、お父さん、間に合ってよかった。
操　診察は終わったの？
仁太郎　わからない。もう一時間近く経つのに、どうなってるんだ。

そこへ、寛治がやってくる。

謹吾　あ、先生。
寛治　お父さんもいらっしゃったんですか。だったら、話が早い。奥様には、今から、入院していただきます。
謹吾　入院？
操　（寛治に）母はそんなに悪いんですか？
寛治　診察中に、少量ですが、吐血しました。胃液が混じっていたので、急性胃炎、もしくは胃

礼次郎　潰瘍だと思われます。
寛治　胃潰瘍？　じゃ、手術は。
礼次郎　あの程度の吐血なら、メスを入れる必要はない。一週間ほど安静にすれば、後は薬だけで治るでしょう。
操　よかった。よかったですね、お父様。
謹吾　ああ。
寛治　お話がしたければ、中へどうぞ。奥様もお待ちですよ。
謹吾　先生、ありがとうございました。

操・礼次郎・謹吾・琴江が去る。

仁太郎　先生、本当のことを言ってください。
寛治　本当のことって？
仁太郎　母の病名です。胃潰瘍というのは嘘でしょう。
寛治　なぜ僕が嘘を。
仁太郎　僕らを安心させるためですよ。一時間も診察して、ただの胃潰瘍だなんて。父は騙せても、僕は騙せません。
武三　寛治さん、仁太郎は覚悟を決めています。どんなにひどいことを言われても、冷静に受け止めるはずです。

寛治　（仁太郎に）胃潰瘍じゃなければ、何だというんだ。
仁太郎　僕には医学はわからない。が、たとえば癌です。母は胃癌じゃないんですか。
寛治　（笑う）
武三　寛治さん。
寛治　いや、失敬。君がお母さんを心配する気持ちはよくわかる。しかし、それは取り越し苦労というものだ。
武三　寛治さん、ごまかすのはやめてください。
寛治　俺はさっきから本当のことしか言ってない。俺もこの道十年だ。胃癌の患者は何人も見てきた。その俺が違うと言ってるんだ。信用できないなら、他の医者へ行け。
仁太郎　じゃ、本当にただの胃潰瘍なんですね？
寛治　だから、最初にそう言っただろう。
仁太郎　武三、これはどういうことだ。

そこへ、シリウスがやってくる。

武三　シリウス、これはどういうことだ。
シリウス　正岡寛治の言ったことは本当よ。長塚米子は胃潰瘍。胃癌なんかじゃない。
仁太郎　武三、誰に向かって、話してるんだ。
寛治　天使だ。

仁太郎　天使？
寛治　と言っても、羽なんか生えてないし、素っ裸でもない。大人の男だ。
武三　（シリウスに）お母さんが死ぬのは、病気のせいじゃないのか。
シリウス　私が教えたら、その人に言うでしょう？
武三　言わない。絶対に言わないから教えてくれ。頼む。
シリウス　仕方ないわね。今度、約束を破ったら、私の上司に言いつけるわよ。（とプロキオンを見て）あ。
武三　どうした。
プロキオン　（シリウスに）どうした。なぜ続きを言わない。
武三　プロキオン、邪魔をするな。
シリウス　違うのよ。その人なのよ。私の上司は。
武三　え？
寛治　おかしいな。天使が二人に増えたみたいだ。
仁太郎　あんたたち、二人とも、何を言ってるんだ。
シリウス　（プロキオンに）すいませんでした。決まりを破って。
プロキオン　本来なら厳罰に処するところだが、今回だけは特別に許可する。続きを言いなさい。
シリウス　いいんですか？
プロキオン　いいから、早く。
シリウス　（武三に）長塚米子は、事故で死ぬの。車の事故で、今から一年後に。

武三　今、なんて言った？
シリウス　一年後の十二月十五日。その日が、長塚米子の命日なのよ。
武三　そんなに先なのか？　でも、どうして。
プロキオン　シリウスは実習生なんです。実習生は、命日の一年前から、魂のそばにいなければならない。
武三　（笑う）
仁太郎　武三、大丈夫か？　俺の声が聞こえるか？
武三　仁太郎、済まない。全部、俺の勘違いだった。お母さんは、まだ死なない。
仁太郎　ひょっとして、お袋が死ぬって言ったのは、天使だったのか。
武三　ああ、そうだ。
仁太郎　なんだ、そうだったのか。（と笑う）
武三　おまえ、俺の頭がおかしくなったと思っているんだろう。
仁太郎　いや、おまえの気持ちがやっとわかったんだ。おまえは俺を家へ連れ戻すために、必死で嘘をついたんだ。みんな、俺のためだったんだ。ありがとう。

仁太郎が去る。シリウスがプロキオンにお辞儀して、去る。

寛治　武三、仁太郎君のお母さんにも、天使がついていたのか。
武三　ええ。だから、もうすぐ死ぬと思ってしまったんです。疑ったりして、すいませんでした。

寛治　いいんだ。しかし、おかしな話だな。俺もいつの間にか、信じてしまったらしい。天使の存在を。

武三・寛治が去る。プロキオンが手帳を開く。

プロキオン　シリウスの実習が始まったのは、九日前でした。担当教官としては、毎日覗きに行きたかったけれど、それではシリウスを甘やかすことになる。もちろん、香取武三との接触については、かなり心配しました。しかし、シリウスがどのように対応するか、興味もあった。決まりを破ったのは、シリウスではない。香取武三を放置した、私なのです。

米子がベッドの上に座っている。その周りに、由紀子・操・礼次郎・謹吾・琴江が立っている。

操　お母様、痛みはどうですか？
米子　もうほとんど引きました。先生のくださったお薬が効いたみたい。
礼次郎　でも、これで治ったわけじゃないよ。先生の仰る通り、しばらく入院して、体を休ませないと。（由紀子に）そうでしょう？
由紀子　体だけじゃなくて、心もね。
琴江　私、本で読みました。胃潰瘍というのは、心に悩みのある人が罹りやすいって。
由紀子　家にいると、いろいろと気苦労があるんでしょう。（米子に）だから、せめて一週間、こ

米子　こで休んでいってください。
操　そんなわけにはいきませんよ。今夜はクリスマス会だし、明日からは大掃除を始めないと。
米子　大掃除なら、私たちだけでできるわ。
操　嘘を仰い。あなたたちは、大晦日になるまで、何もしないじゃないの。
米子　今年は別よ。お母様がいなくても、立派にやってみせる。
謹吾　私もやるぞ。

そこへ、仁太郎がやってくる。

仁太郎　俺もやるよ。だから、お母さんは病気を治すことに専念してくれ。
操　仁太郎、あなた、家へ帰ってくるの？
仁太郎　ああ。翠子さんの家を追い出されて、他に行く所がないんだ。
由紀子　（米子に）これで悩みが一つ減ったじゃないですか。そろそろ決心なさったらどうです？
米子　わかりました。でも、一週間だけですよ。お正月はやっぱり、家で迎えないと。
由紀子　それは、お母さんの努力次第です。じゃ、私は入院の準備をしてきます。

由紀子が去る。シリウスがやってくる。

仁太郎　お母さん、今までいろいろ心配をかけて、すいませんでした。

操　どうしたの？　急にしおらしくなっちゃって。
仁太郎　武三に言われて、気づいたんだ。俺は自分のことしか考えてなかったって。
米子　いいんですよ、それで。
仁太郎　よくない。俺がこんなに勝手だから、お母さんは胃潰瘍になったんじゃないか。
米子　それでも、いいんです。仁太郎は今、自分の将来を必死になって探している。そんな時に、私のことなんか、いちいち気にしている暇はない。操だってそうです。礼次郎だってそうです。あなたたちは、あなたたちのことだけ考えていればいい。
仁太郎　しかし、たまには、他の家族のことも。
米子　そのために、クリスマス会をやるんです。操が生まれた時に、お父様はこう仰ったの。これから毎年クリスマスだけは、みんなが必ず集まることにしよう。クリスマスを、家族の日にしようって。そうでしょう、あなた。
謹吾　ロンドンの家庭はみんなそうだった。イギリスにだって、いい面もあれば悪い面もある。が、これだけは日本にない、すばらしい習慣だと思った。
米子　今年はできなくなってしまったけれど、また来年があります。来年は入院なんかしなくて済むように、じっくり体を治しましょう。
操　そうね。また来年やればいいのよ。
米子　あなたは来年、お嫁に行くから、出られないでしょう。
操　お母様、その話はやめて。

# 14

シリウスが手帳を開く。

**シリウス**　こうして、一九二三年のクリスマス会は中止になりました。長塚米子は入院し、他の家族は家へ帰りました。が、その夜、家族たちは次々と見舞いに訪れ、長塚米子にクリスマスの贈り物を渡しました。家族だけでなく、島木茜や太田瑞穂も。長塚米子にとっては、今までで一番楽しいクリスマスになりました。そして、一番最後のクリスマスに。

そこへ、プロキオンがやってくる。

**プロキオン**　よし、その日誌を貸してみろ。
**シリウス**　え？　日誌の点検は、月に一度じゃないんですか？
**プロキオン**　決まりを破っておいて、つべこべ言うな。ほら。（とシリウスの手から手帳を取り、読む）
**シリウス**　あの、一つ聞いておきたいんですけど、香取武三って、もう死んでるんですよね？　だから、私が見えるんですよね？

プロキオン　ああ、そうだ。
シリウス　じゃ、どうして天へ連れていかないんですか？　香取武三の担当はあなたでしょう？
プロキオン　この日誌はまるでなってない。書き直せ。（と手帳を差し出す）
シリウス　（受け取って）どういうふうに？
プロキオン　香取武三はおまえの担当ではない。だから、香取武三に関する記述はすべて削除するんだ。それから、私と話したことも。
シリウス　それって、どういうことですか？　もしかして、他の人に知られたら、まずいんですか？
プロキオン　うるさい。上司に向かって、質問するな。さっさと、長塚米子の所へ行け。

シリウスが去る。武三・寛治がやってくる。武三はトランクと、布で包んだキャンバスを持っている。

寛治　よし、そこに座れ。
武三　（椅子に座って）寛治さん、今、何時ですか。（とシャツのボタンを外す）
寛治　午後九時だ。
武三　すいませんでした。昼に出発するって言ったのに、こんな時間になっちゃって。（と下着をたくし上げて）
寛治　今さら謝っても、もう遅い。
武三　今から出発しても、もう遅いですよね？
寛治　（武三の手をつかんで）腐敗網が手まで出てる。死臭も出てる。もう何もかも手遅れだ。

武三　よかった。実は、寛治さんにいただいた汽車賃を、人にあげてしまいましてね。帰りたくても、もう帰れなかったんです。

寛治　今、何て言った。あの金を、人にやったと言ったのか?

そこへ、由紀子がやってくる。

由紀子　誰にあげたの?

武三　仁太郎の家にいた、島木茜という女学生です。その子の家族は山梨にいましてね。会いに行きたいけど金がないというから、つい。

寛治　見ず知らずの女学生に恵んでやったのか。

由紀子　(武三に)あなたは、自分のかわりにその子を行かせたのね?

武三　いや、僕は別にそんなつもりじゃ。ただ、僕にはもう行く暇がないと思ったので。

寛治　行けなくしたのは、おまえだろう。

武三　(由紀子に)仁太郎たちは帰りましたか。

由紀子　ええ。お母さんもお休みになったわ。胃はもうほとんど痛まないって。

武三　寛治さん、仁太郎のお母さんのこと、よろしくお願いします。

寛治　おまえに言われなくても、治す。完璧に。

武三　由紀子さんにもお願いがあります。この絵を、田舎のお袋に送ってください。(とキャンバスを差し出す)

由紀子　これは？

武三　パリで描いた絵です。他の絵は、旅費にするために全部売ったけど、この絵だけは売らなかった。俺がパリで一番最後に描いた絵です。

由紀子　何を描いたの？

武三　風景を描くのに飽きて、気まぐれで自画像を描いたんです。まさか、それが最後の絵になるとは思わなかった。

由紀子　お母さん、きっと喜ぶわ。

武三　本当は、幸代さんにやるつもりだったんです。でも、今はお袋にもらってほしい。死ぬまで家に帰らなかった、せめてもお詫びです。

由紀子　わかった。そう伝えるわ。

武三　よし、これで何も思い残すことはない。プロキオン。

プロキオン　やっと覚悟を決めてくれましたか。

武三　三日も待たせて悪かったな。

プロキオン　いや、今は三日で済んでよかったと思っています。これ以上、出発が遅れたら、あなたは化け物になってしまう。

武三　例の科白を頼む。

プロキオン　言われなくても、わかってますよ。クローズ・ユア・アイズ。

武三が目を閉じる。と、由紀子が去る。

寛治　由紀子。
武三　由紀子さんが出ていったんですか。仕方ないですよ。人が死ぬところを見るのは、あまり気持ちのいいものじゃない。
寛治　バカ。由紀子は医者の妻だ。臨終の場面は何度も見てきた。
武三　じゃ、どうして。
寛治　わからないのか。辛いんだ。おまえが死ぬのが。
武三　寛治さん、お世話になりました。由紀子さんにも伝えてください。僕は寛治さんと由紀子さんに会えて、本当に幸せだった。
寛治　武三。
武三　プロキオン、何をしている。さっさと、俺の魂を抜き取れ。

そこへ、由紀子と香取はつがやってくる。

由紀子　武三さん、お母さんよ。お母さんが鳥取からいらっしゃったの。
武三　（目を開けて）え？
はつ　武三。
武三　母さん、どうしてここへ。
はつ　昨夜、夢枕に、見たこともない男の人が立っとってな。私に向かって、こう言いんさったんよ。今すぐ、東京へ行け。武三に会いに行けって。

**武三**　まさか。

**プロキオン**　どうせ鳥取へは帰らないと思った。だから、非常手段ですよ。

**はつ**　武三、誰に向かって、話しとるだ。

**武三**　いや、何でもない。でも、その男に言われただけで、わざわざ東京へ？

**はつ**　一度や二度じゃないで。朝になるまで、何百回も何千回も言いんさるけんなぁ。さすがに聞き流すわけにはいけんがなぁ。

**武三**　プロキオン、ありがとう。

**はつ**　武三？

**プロキオン**　私のことはいいから、お母さんと話をしなさい。

**武三**　母さん、俺は。（と泣く）

**はつ**　どうした、男のくせに泣いたりして。

**武三**　十年も家へ帰らなくて、ごめん。俺は、俺は画家になりたくて、必死で。

**はつ**　わかっとるよ。立派な画家になってから、帰ろうと思ったろう？

**武三**　立派な画家にはなれんかった。でも、勉強だけは必死でやったで。俺の描いた絵を見てぇな。由紀子さん。

**由紀子**　（キャンバスを差し出して）はい。

**武三**　（受け取って）この絵はパリで描いたあけ。鏡とにらめっこしながら、一週間も徹夜して。俺は、ここまで描けるようになったんで。ほら、母さん。

武三がキャンバスから布を取り、はつに見せる。そして、さらに話し続ける。

**プロキオン**　これで、私の報告は終わりです。私はたくさんの決まりを破った。それが許せないということであれば、仕方ない。いくらでも罰を受けます。そのかわり、お聞きしたい。香取武三の魂は、なぜ死体に残ったのですか。それは、単なる偶然ですか。私はそうは思わない。おそらく、あなたがわざとやったんだ。とすれば、これは奇跡だ。どうです。私は間違っていますか？

遠くで、静かに雪が降り始める。

〈幕〉

# あとがき

十九歳の時に、生まれて初めて脚本を書いてから、今年で三十一年目。その間に、五十三本のオリジナル脚本を書いてきたが、『水平線の歩き方』はちょうど五十本目に当たる。僕にとっては、一つの節目になった脚本だ。

僕が高校一年の時、演劇部に入ろうと思ったのは、新入生歓迎会で見た、ロベール・トマの『罠』という推理劇がきっかけだった。ラストのどんでん返しに仰天し、ミステリは小説よりも芝居でやった方がおもしろいかもしれないと思った。

高校時代に夢中になったのは、つかこうへい事務所の『熱海殺人事件』や『初級革命講座飛龍伝』。圧倒的なエネルギーとスピードに感動し、演劇は脚本の立体化ではなく、役者の躍動を見せるものだと悟った。

大学に入学すると同時に演劇サークルに入り、すぐに先輩たちに連れていってもらったのが、夢の遊眠社の『二万七千光年の旅』。ストーリーが全く理解できないのに、なぜかラストで泣いてしまい、芝居にとって、脚本にとって、ストーリーは必要不可欠ではないのかもしれないと気づいた。

これらの影響を受けて、僕は脚本を書き始めた。脚本よりも役者、ストーリーよりもイメージと考え、わざとわかりにくい脚本にした。目標は『二万七千光年の旅』を書いた野田秀樹さん。野田さんが野田ワールドを作ったように、自分も成井ワールドを作りたいと思っていた。

が、自分には野田さんのような才能はないと気づくのに、さして時間はかからなかった。それに、僕の好きなファンタジーは、現実の中で非現実的な事件が起こる物語。たとえば、佐藤さとるの『だれもしらない小さな国』は、現実の日本のどこかにコロボックルの住む野原があると思うからおもしろい。だったら、自分も現実に依拠した脚本を書くべきではないか。そう気づいて、成井ワールド創造の夢はあっさり捨てた。

しかし、僕に興味があったのは非現実的な事件そのものだったので、それが起こる場所や、それにかかわる人間はどうしても二の次になりがち。ゆえに、登場人物は現実の人間をデフォルメした、マンガチックな人間になってしまった。が、僕にはそれしか書けなかったし、その方がおもしろいとも思っていた。

そんな僕も年を取る。結婚し、子供が生まれると、僕の関心は非現実的な事件そのものよりも、それにかかわった人間が何を感じ、どのように変化するかに移っていった。脚本執筆前の構想の大部分が、登場人物の設定に当てられるようになっていった。

その一つの到達点が、『水平線の歩き方』だと思う。

一人の男が自分の母親の幽霊らしき人物と出会う。この事件そのものは、少しも突飛ではない。これに近い脚本は、過去に何本も書いてきた。だから、事件の原因や、発生のメカニズムなどを掘り下げようとは思わなかった。僕に関心があったのは、男そのもの。彼のそれまでの人生と、これからの人生だった。

岡崎幸一という男の創造に、僕は構想のほとんどの時間を費やした。脚本執筆中も、彼のことを考え続けた。自分自身のこれまでの人生と重ね合わせて。僕の両親は今も健在だし、僕はラグビーなど一度もやったことがないが、岡崎幸一はまぎれもなく自分自身だと思う。自分自身の現実をここまで脚本に盛り込んだことはない。『水平線の歩き方』が一つの到達点だと書いたのは、そういう意味だ。

三十一年前はストーリーにも現実にも関心がなかったのに、よくもここまで変わったものだと思う。おそらく三十一年前の、十九歳の僕が『水平線の歩き方』を読んだら、おもしろいとは思わないだろう。今の僕に向かって、「結局、アサミは幽霊なの？　幸一の妄想なの？」とか「なぜ阿部たちの声が携帯電話から聞こえてきたの？」とか、様々な疑問を浴びせてくるだろう。が、今の僕にとっては、そんなことはもはやどうでもいい。

僕は変わった。これからも変わる。それが退化・老化でなく、進化・成長であればいいなと願っている。

同時収録した二作について、それぞれ一言。

『僕のポケットは星でいっぱい』は、キャラメルボックス創立二〇周年記念公演の第二弾として、二〇〇五年の五月から六月まで上演された。『銀河旋律』と『広くてすてきな宇宙じゃないか』に続く、ニュースキャスター・柿本光介の一家を描いた、柿本家サーガの三作目にして、完結編。前の二作を知らない人には若干わかりにくいところがあるかもしれないが、二〇周年記念公演のために書かれた特別な作品なので、どうかご容赦願いたい。ちなみに、前の二作は、白水社から一冊の本として、刊行されています。気になる方はぜひお読みください。

『クローズ・ユア・アイズ』は、キャラメルボックスの二〇〇〇クリスマスツアーとして、二〇〇〇年の十一月から十二月まで上演された。僕のちょうど四十本目のオリジナル脚本。アイディアの出発点は、山口雅也のミステリ小説『生ける屍の死』で、これに登場する「死んだのに、まるで今でも生きているかのように動き回る男」を、大正時代の東京に送り込んでみた。これも、『水平線の歩き方』

と同じく、ゴーストものの一種だと思う。なお、劇中に出てくる芥川龍之介のセリフの一部は、彼の箴言集『侏儒の言葉』と、エッセイ『大正十二年九月一日の大震に際して』を参考にしています。

芥川龍之介が作家として活躍したのは、十年ちょっと。僕はもちろん、彼のような大文豪ではないが、彼の三倍近くの時間を脚本家として過ごしてきたかと思うと、ちょっとした感慨がある。と同時に、「三十一年も書いてきて、まだこんなものかよ」と呆れてしまうし、「もっと頑張れ！」と叱咤したくなる。

最近、野村克也さんの本を読んでいたら、「もっと成長したい」と書いてあった。七〇代の野村さんがこう思って努力している。四十九歳の僕がのんびりしてる場合じゃない。


二〇一一年四月二十四日、五十四本目の完成を目前にして

成井　豊

## 上演記録

# 『水平線の歩き方』

| | | |
|---|---|---|
| 2011年5月19日～6月19日 | **上演期間** | 2008年6月29日～7月20日 |
| 梅田芸術劇場シアター・ドラマシティ | **上演場所** | シアターアプル |
| サンシャイン劇場 | | 新神戸オリエンタル劇場 |
| | | 名鉄ホール |

### CAST

| | | |
|---|---|---|
| 岡田達也 | **幸一** | 岡田達也 |
| 岡田さつき | **アサミ** | 岡田さつき |
| 前田綾 | **阿部** | 前田綾 |
| 左東広之 | **豊川** | 左東広之 |
| 井上麻美子 | **一宮** | 青山千洋 |
| 小多田直樹 | **勇治** | 小多田直樹 |
| 原田樹里 | **菜穂子** | 久保田晶子 |
| 鍛治本大樹 | **進太郎** | 鍛治本大樹 |

### STAGE STAFF

| | | |
|---|---|---|
| 成井豊 | **演出** | 成井豊 |
| 石川寛美，白井直 | **演出補／共同演出** | 白井直 |
| 秋山光洋 | **美術** | 秋山光洋 |
| 黒尾芳昭 | **照明** | 黒尾芳昭 |
| 大久保友紀 | **音響** | 早川毅 |
| 川崎悦子 | **振付** | 川崎悦子 |
| 髙木阿友子 | **スタイリスト** | 遠藤百合子 |
| 山本成栄 | **ヘアメイク** | 山本成栄 |
| | **小道具** | 高庄優子，和合美幸 |
| C-COM，㈲拓人 | **大道具製作** | C-COM，㈲拓人，オサフネ製作所 |
| 矢島健 | **舞台監督** | 矢島健，二本松武 |

### PRODUCE STAFF

| | | |
|---|---|---|
| 加藤昌史 | **製作総指揮** | 加藤昌史 |
| 井上恵 | **宣伝デザイン** | ヒネのデザイン事務所＋森成燕三 |
| 堀弘子 | **宣伝写真** | タカノリュウダイ，taro，加藤昌史 |
| 株式会社ネビュラプロジェクト | **企画・製作** | 株式会社ネビュラプロジェクト |

## 『僕のポケットは星でいっぱい』

上演期間 2005年5月19日～6月26日
上演場所 シアターアプル
新神戸オリエンタル劇場

CAST

カシオ 大内厚雄
先生 小川江利子
ヒデトシ 藤岡宏美
スギエ 岡田さつき
クリコ 前田綾
アリマ 坂口理恵
タカスギ 多田直人
キド 温井摩耶
オオトモ教授 筒井俊作
ヤマノウエ 阿部丈二
ヌカダ 左東広之
課長 岡田達也

STAGE STAFF

演出 成井豊
演出補 白坂恵都子, 隈部雅則
美術 キヤマ晃二
照明 黒尾芳昭
音響 早川毅
振付 川崎悦子
殺陣 佐藤雅樹
スタイリスト 花谷律子
ヘアメイク 武井優子
小道具 酒井詠理佳
大道具製作 C-COM, ㈲拓人, オサフネ製作所
舞台監督 村岡晋, 二本松武

PRODUCE STAFF

製作総指揮 加藤昌史
宣伝デザイン ヒネのデザイン事務所＋森成燕三
宣伝写真 山脇孝志, タカノリュウダイ
企画・製作 株式会社ネビュラプロジェクト

## 『クローズ・ユア・アイズ』

上演期間　2000年11月8日～12月25日
上演場所　新神戸オリエンタル劇場
　　　　　サンシャイン劇場

CAST

香取武三　岡田達也
プロキオン　菅野良一
正岡寛治　久松信美
正岡由紀子　坂口理恵
長塚仁太郎　大内厚雄
長塚操　岡田さつき
長塚礼次郎　南塚康弘
長塚謹吾　篠田剛
長塚米子　大森美紀子／中村恵子
森山典彦　成瀬優和／佐藤仁志
森山翠子　前田綾
島木茜　藤岡宏美／中村亮子
太田瑞穂　青山千洋／温井摩耶
石原琴江　岡内美喜子
芥川龍之介　細見大輔
シリウス　小川江利子
武三の母　中村恵子／大森美紀子
船医　佐藤仁志／成瀬優和
幸代の妹　中村亮子／藤岡宏美
幸代の友人　温井摩耶／青山千洋

STAGE STAFF

演出　成井豊
演出補　真柴あずき
美術　キヤマ晃二
照明　黒尾芳昭
音響　早川毅
振付　川崎悦子
スタイリスト　小田切陽子
ヘアメイク　武井優子
小道具　酒井詠理佳
大道具製作　C-COM, ㈲拓人
舞台監督　村岡晋

PRODUCE STAFF

製作総指揮　加藤昌史
宣伝デザイン　ヒネのデザイン事務所＋森成燕三
宣伝写真　タカノリュウダイ
企画・製作　株式会社ネビュラプロジェクト

成井 豊（なるい・ゆたか）
1961年、埼玉県飯能市生まれ。早稲田大学第一文学部文芸専攻卒業。1985年、加藤昌史・真柴あずきらと演劇集団キャラメルボックスを創立。現在は、同劇団で脚本・演出を担当するほか、テレビや映画などのシナリオを執筆している。代表作は『ナツヤスミ語辞典』『銀河旋律』『広くてすてきな宇宙じゃないか』など。



CARAMEL LIBRARY Vol. 18
水平線の歩き方

2011年6月15日　初版第1刷印刷
2011年6月25日　初版第1刷発行

著　者　成井　豊
発行者　森下紀夫
発行所　論 創 社
東京都千代田区神田神保町 2-23　北井ビル
tel. 03（3264）5254　fax. 03（3264）5232
振替口座 00160-1-155266
印刷・製本　中央精版印刷

ISBN 978-4-8460-0970-0

## CARAMEL LIBRARY

Vol. 16

すべての風景の中にあなたがいます◉成井豊+真柴あずき

滝水浩一が山で偶然出くわした女性が残した手帳には「藤枝沙穂流」と名前が．数日後，訪ねていったら住んでいたのは「藤枝詩波流」．名は似てるが全くの別人….『光の帝国』『裏切り御免！』を併録． 本体 2000 円

Vol. 17

きみがいた時間　ぼくのいく時間◉成井豊+隈部雅則

研究員・里志は物質を 39 年前の過去に送り出す機械の開発に携わる．現実離れした研究に意欲を失いかける彼を励ましたのは，5 年前に別れたはずの恋人・紘未だった．『バイ・バイ・ブラックバード』併録．本体 2000 円

## CARAMEL LIBRARY

Vol. 11

### ヒトミ◉成井豊＋真柴あずき

交通事故で全身麻痺となったピアノ教師のヒトミ．病院が開発した医療装置“ハーネス”のおかげで全快したかのように見えたが……．子連れで離婚した元女優が再び輝き出すまでを描く『マイ・ベル』を併録．本体 2000 円

Vol. 12

### TRUTH ◉成井豊＋真柴あずき

この言葉さえあれば，生きていける――幕末を舞台に時代に翻弄されながらも，その中で痛烈に生きた者たちの姿を切ないまでに描くキャラメルボックス初の悲劇．『MIRAGE』を併録．本体 2000 円

Vol. 13

### クロノス◉成井 豊

物質を過去へと飛ばす機械，クロノス・ジョウンター．その機械の開発に携わった吹原は自分自身を過去へと飛ばし，事故にあう前の中学時代から好きだった人を助けにいく．『さよならノーチラス号』を併録．本体 2000 円

Vol. 14

### あしたあなたあいたい◉成井 豊

クロノス・ジョウンターに乗って布川は過去に行く．そこで病気で倒れた際に助けてもらった枢月と恋におちる．しかし，過去には４日しかいられない！「ミス・ダンデライオン」「怪傑三太丸」を併録．本体 2000 円

Vol. 15

### 雨と夢のあとに◉成井豊＋真柴あずき

雨は小学６年生の女の子．幼い頃に母を亡くし．今は父と暮らしている．でも父の朝晴は事故で亡くなってしまう．幽霊になっても娘を守ろうとする父の感動の物語．『エトランゼ』を同時収録．本体 2000 円

## CARAMEL LIBRARY

Vol. 6

### 風を継ぐ者◉成井豊＋真柴あずき

幕末の京の都を舞台に，時代を駆けぬけた男たちの物語を，新選組と彼らを取り巻く人々の姿を通して描く．みんな一生懸命だった．それは一陣の風のようだった…….『アローン・アゲイン』初演版を併録．　本体 2000 円

Vol. 7

### ブリザード・ミュージック◉成井 豊

70 年前の宮沢賢治の未発表童話を上演するために，90 歳の老人が役者や家族の助けをかりて，一週間後のクリスマスに向けてスッタモンダの芝居づくりを始める．『不思議なクリスマスのつくりかた』を併録．　本体 2000 円

Vol. 8

### 四月になれば彼女は◉成井豊＋真柴あずき

仕事で渡米したきりだった母親が 15 年ぶりに帰ってくる．身勝手な母親を娘たちは許せるのか．母娘の藤と心の揺れをアコースティックなタッチでつづる家族再生のドラマ．『あなたが地球にいた頃』を併録．本体 2000 円

Vol. 9

### 嵐になるまで待って◉成井 豊

人をあやつる“声”を持つ作曲家と，その美しいろう者の姉．2 人の周りで起きる奇妙な事件をめぐるサイコ・サスペンス．やがて訪れる悲しい結末…….『サンタクロースが歌ってくれた』を併録．　本体 2000 円

Vol. 10

### アローン・アゲイン◉成井豊＋真柴あずき

好きな人にはいつも幸せでいてほしい――そんな切ない思いを，擦れ違ってばかりいる男女と，彼らを見守る仲間たちとの交流を通して描きだす．SF アクション劇『ブラック・フラッグ・ブルーズ』を併録．　本体 2000 円

## CARAMEL LIBRARY

Vol. 1

### 俺たちは志士じゃない◉成井豊＋真柴あずき

キャラメルボックス初の本格派時代劇．舞台は幕末の京都．新選組を脱走した二人の男が，ひょんなことから坂本竜馬と中岡慎太郎に間違えられて思わぬ展開に…….『四月になれば彼女は』初演版を併録．　本体 2000 円

Vol. 2

### ケンジ先生◉成井 豊

子供とむかし子供だった大人に贈る，愛と勇気と冒険のファンタジックシアター．中古の教師ロボット・ケンジ先生が巻き起こす，不思議で愉快な夏休み．『ハックルベリーにさよならを』『TWO』を併録．　本体 2000 円

Vol. 3

### キャンドルは燃えているか◉成井 豊

タイムマシン製造に関わったために消された１年間の記憶を取り戻そうと奮闘する男女の姿を，サスペンス仕立てで描くタイムトラベル・ラブストーリー．『ディアーフレンズ，ジェントルハーツ』を併録．　本体 2000 円

Vol. 4

### カレッジ・オブ・ザ・ウィンド◉成井 豊

夏休みの家族旅行の最中に，交通事故で５人の家族を一度に失った短大生ほしみと，ユーレイとなった家族たちが織りなす,胸にしみるゴースト・ファンタジー．『スケッチブック・ボイジャー』を併録．　本体 2000 円

Vol. 5

### またおうと竜馬は言った◉成井 豊

気弱な添乗員が，愛読書「竜馬がゆく」から抜け出した竜馬に励まされながら，愛する女性の窮地を救おうと奔走する，全編走りっぱなしの時代劇ファンタジー．『レインディア・エクスプレス』を併録．　本体 2000 円